AF131679

À L'OMBRE DE NOS FRÈRES

Tome 1 :
Apparences trompeuses

Virginia Etxe

À L'OMBRE DE NOS FRÈRES

Tome 1 :

APPARENCES TROMPEUSES

Virginia Etxe

So ROMANCE

www.soromance.com

PROLOGUE

« Tu n'es plus là où tu étais, mais tu es partout là où je suis ».

Elle

Je lis et relis encore une fois cette citation de Victor Hugo que j'ai fait graver sur sa pierre tombale il y a quelques semaines maintenant. Mes larmes dévalent sur mes joues, je ne peux les empêcher de couler malgré tous ces jours passés. Je pose une pivoine bleue (sa préférée) sur sa sépulture, fais un baiser sur ma main qui effleure son nom gravé dans la pierre.

— Pardon.

Je marche dans l'allée pour m'arrêter à quelques pas et déposer du jasmin jaune sur une autre pierre tombale. Mes larmes continuent de dévaler sur mes joues. Le même rituel, un baiser sur ma main puis sur son nom gravé dans la pierre.

— Pardon.

==================

Lui

J'enlève les feuilles qui sont tombées sur sa pierre tombale avant d'y déposer sa fleur préférée, une branche de jasmin blanc à côté de la branche de jasmin jaune qui orne déjà la pierre. J'essuie mes larmes, j'essaie de ne pas pleurer, mais c'est trop dur de me retenir, je me laisse aller.

— Tu me manques tellement...

À quelques pas, je m'arrête devant une autre sépulture. J'y dépose une pivoine rouge, à côté de la bleue qui est déjà déposée. Je repense à ce qu'il s'est passé, il y a à peine quelques semaines et mes larmes continuent de couler.

— Pardonne-moi...

CHAPITRE 1

Jonas

Des coups frappés à la porte me font sortir de ma torpeur, je ne réponds pas. Avec un peu, non, énormément de chance, ils vont partir et me laisser tranquille cette fois. Après quelques secondes de silence où j'espère qu'ils ont changé d'avis, ils tapent encore.

— Jonas ! On sait que tu es là !

— Allez, Jonas ouvre cette porte ou on la défonce !

J'entends un éclat de rire, un bruit de clé dans la serrure et elle s'ouvre sur deux énergumènes qui n'arrêtent pas de m'énerver depuis quelques mois maintenant. Je les observe depuis mon canapé. Alors que Jim pose des courses sur le comptoir, Lily s'empresse de les ranger, ils discutent comme si de rien n'était :

— Ouvre cette porte ou on la défonce ? Non mais sérieux Lily ! lui dit Jim en éclatant de rire.

— Ben quoi ? J'ai toujours rêvé de dire un truc comme ça !

Jim rit de plus belle alors que Lily se place face à lui.

— Je peux savoir ce qui t'amuse Jim ?

— C'est juste qu'en général on dit ça lorsqu'on n'a pas de moyen d'ouvrir la porte !

Il continue de rire en lui montrant les clés de mon appartement qu'il tient entre ses doigts.

— Qu'est-ce que tu peux être rabat-joie !

Ils rient tous les deux alors que je souris en les observant. J'ai l'impression de me trouver devant ma télé et de regarder un film, l'impression que cette scène se passe à cent lieues de moi. Je suis là sans y être, d'ailleurs ils le savent, ils agissent comme si je n'existais pas. Mes potes viennent me distraire de temps en temps, me faire la morale, et ils repartent dans leur vie trépidante avant de se remémorer qu'ils doivent passer pour voir si je suis toujours vivant. Lily et Jim s'affairent dans la cuisine pour faire à manger alors que j'ai remis mon casque sur les oreilles pour ne plus entendre leurs piaillements incessants. Je regarde dehors, j'essaie de ne pas trop penser, de me vider la tête… Cela fait quelques mois maintenant que je m'entraîne tous les jours à essayer de combler son absence… vainement.

— Oh ! Jonas !

Je relève les yeux vers Lily qui hurle mon prénom. J'enlève mon casque pour me diriger vers le comptoir où sont dressées trois assiettes.

— Comment tu te sens ?

Je passe ma main sur mon visage, toujours la même question… toujours la même réponse.

— Super forme…

— Jonas…

Je me retourne vers Lily, elle est désolée de me voir comme ça, je le sais, mais je n'y peux rien.

— Ça va ! C'est bon ! Toujours vivant !

— Mais t'es nul ! me lance Jim en prenant Lily qui commence à pleurer dans ses bras.

— Bordel !

Je me lève pour la prendre à mon tour dans mes bras. Elle s'accroche à moi, me serre très fort, son nez humide dans mon cou qui renifle. Je sais que je lui fais de la peine, mais je n'arrive pas à agir autrement, je sais au fond de moi qu'il le faut, mais je n'ai pas encore retrouvé la volonté de le faire.

— Désolé, arrête de pleurer ma belle…

Elle relève vers moi ses magnifiques yeux rougis et me sourit.

— Jonas… Tu nous manques…

Je vois Jim qui lui caresse le dos, serre les lèvres et hoche la tête pour affirmer les dires de Lily. S'ils savaient à quel point j'aimerais ne plus être ainsi.

— Je sais ma belle, je sais…

— Je t'aime tant, ça me fait mal au cœur de voir que… que… que tu n'arrives pas à remonter la pente, Jonas…

Je ne sais pas quoi lui répondre. Après tout, elle a raison, je n'y arrive pas ! Plus sans lui.

— Il nous manque aussi mec, me dit Jim en me tapant sur l'épaule avant d'aller s'asseoir devant son assiette.

Nous nous asseyons à notre tour et Lily nous sert ses éternelles pâtes au thon tout en reniflant et se mouchant. Elle relève ses yeux vers nous et nous lance un petit :

— Désolée.

Je baisse les yeux sur mon assiette alors que Jim lui répète encore une fois que ce n'est pas grave. J'apprécie ces quelques minutes de silence, nous mangeons tranquillement et même si je ne le montre pas, leur présence me fait du bien. Je sais qu'ils le savent et que c'est pour cette raison qu'ils passent plusieurs fois par semaine pour me faire sortir de mon appartement.

J'ai bien essayé plusieurs fois de les suivre… Mais chaque fois, quelque chose me ramenait à lui, un lieu, une odeur, une personne, une musique… Dans ces moments-là, il fallait que je rentre pour ne pas craquer devant eux. Dès que je passais la porte de chez moi, je m'effondrais au sol à pleurer son absence.

J'ai donc décidé de ne plus sortir. C'était plutôt compliqué au début, car je tombais souvent sur des affaires à lui qui traînaient dans l'appartement, des choses qui n'ont aucune importance d'habitude, mais rien que de voir son chargeur de téléphone, je m'effondrais. Alors, Lily et Jim sont venus me rejoindre et ont rangé dans sa chambre tout ce qui pouvait me faire penser à lui.

La main de Lily qui se pose sur la mienne me fait sortir de ma torpeur.

— Viens avec nous ce soir…

— Lily…

— S'il te plaît, viens au concert avec nous, je ne te demande pas de remonter sur scène Jonas… Mais juste de nous accompagner, en backstage…

Je ferme les yeux. Même ça, je ne peux plus, même si je suis resté dans cet univers, je ne peux plus remettre un pied sur scène, ça me prend aux tripes, c'est impossible. Alors je me suis aussi éloigné des salles de concert, même si ce sont mes amis qui jouent sur scène…

— Lily…

Jim se lève et débarrasse bruyamment, je sais qu'il ne comprend pas pourquoi je reste depuis si longtemps à l'écart. Il est triste de ne plus jouer, de ne plus faire de concert avec le groupe, mais depuis qu'il n'est plus là, le groupe n'existe plus.

— On bouge ! On va être à la bourre !

Je sais qu'il est en colère contre moi, c'est moi qui le prive de sa passion, car même s'il joue encore avec Lily, je sais que son univers musical, c'était notre groupe, celui que nous avons monté ensemble. Je regarde mes guitares posées dans le coin du salon, elles prennent la poussière sur leur socle, mais je ne peux plus y toucher, je n'ai plus l'envie. Même les femmes ne me branchent plus, moi, Jonas, l'homme qui arrivait à passer la soirée avec une, voire deux femmes n'existe plus !

Lily me serre dans ses bras alors que Jim est déjà prêt à partir. Il me fait un signe de la main alors que Lily me caresse le dos.

— Tu me manques, Jonas. J'ai tellement envie que tu redeviennes celui d'avant…

— Même l'homme à femmes ?

Elle me sourit :

— Même celui-là Jonas. Du moment que tu redeviens toi.

— Lily, tu sais que pour l'instant c'est compliqué…

Elle se recule, pose un doigt sur mon torse et parle un peu fort :

— Jonas ! Ça fait trois mois !

— Je…

— Laisse-moi finir !

— …

— Ça fait trois mois qu'il est parti ! Trois mois que tu te morfonds dans cet appartement, que tu ne vis plus, que tu ne vois plus personne, que tu ne joues plus, ne chante plus ! Tu n'as pas baisé depuis quand sérieux !

— Je sais Lily, mais…

— Il n'y a pas de mais Jonas ! Je ne peux plus ! Alors tu vas te sortir les doigts et te bouger avant que je ne m'énerve vraiment !

Son doigt est toujours posé sur mon torse, appuyant chaque fois un peu plus fort alors qu'elle me hurle dessus. Jim revient dans l'appartement et me tend un papier :

— Tiens, j'ai trouvé ça dans le couloir, si ça peut t'aider !

Il ricane en repartant vers la porte.

— Lily, il faut vraiment qu'on bouge.

Elle regarde le papier que j'ai en main et lève les yeux au ciel.

— Qu'est-ce qu'il peut être con parfois !

Elle s'en va en me lançant un « Je t'aime Jonas ! ». Mes yeux se posent sur le papier que j'ai en main. Une annonce pour le téléphone rose… Comme si j'avais besoin de ça, sérieux !

CHAPITRE 2

Louise

Je me dépêche d'ouvrir la porte de mon appartement. J'entends mon téléphone qui sonne à l'intérieur. Bien sûr, je suis encombrée par toutes mes courses qui tombent à terre, suivis de mes clés et de mon sac à main. Lorsque la porte daigne enfin s'ouvrir et que je mets la main dessus, il s'éteint.

— Arrrghh !

Je vois que j'ai plusieurs appels manqués ce qui me fait de l'argent en moins pour la fin du mois. J'entreprends de ranger mes courses lorsqu'il sonne à nouveau. Je m'installe confortablement sur le canapé, me racle la gorge avant de décrocher et prends ma voix la plus sensuelle.

— Lina bonsoir, que puis-je faire pour vous satisfaire ?

Au bout du fil, c'est Georges, un habitué. Cela fait plusieurs mois qu'il m'appelle au moins une fois par semaine pour que j'assouvisse ses fantasmes qu'il n'ose demander à sa compagne. Je suis sûre qu'il s'imagine que je suis nue sur mon lit en position de levrette pour qu'il puisse me posséder brutalement. Bien sûr, je suis tranquillement installée sur mon canapé en buvant mon café. Après avoir simulé l'orgasme plusieurs fois et l'avoir encouragé à continuer, je raccroche. Plus les conversations sont longues et plus je gagne d'argent.

J'ai une voix plutôt grave, un peu rauque et très posée. Pour les hommes au bout du fil, je suis celle qu'ils imaginent. Pour la plupart d'entre eux, je suis une grande blonde avec des seins énormes, une taille fine, des fesses rebondies et bien sûr une bouche avec des lèvres pulpeuses… L'avantage, c'est que s'ils me croisent un jour dans la rue, je suis sûre qu'ils ne risquent pas de me reconnaître ! Je suis tout le contraire. Brune, les yeux couleur miel, la peau mate, de taille moyenne et plutôt bien proportionnée, mais loin d'être siliconée même si j'ai quelques atouts. Je ne suis pas taille mannequin, loin de là, mais je me dis qu'il suffit de savoir mettre en valeur mes atouts en m'habillant en fonction d'eux et le tour est joué !

Je me lève pour finir de ranger mes courses et commencer la correction d'un nouveau manuscrit. Ça, c'est mon vrai travail. Je m'installe sur le canapé, un plaid sur les genoux, Rag'n'bone man dans les oreilles et je commence à lire. J'aime entrer dans la tête de l'auteur, corriger les fautes d'orthographe, de syntaxe, etc. Mon téléphone perso vibre.

{*Je peux passer dans 10 minutes ?*}

{*Non, je bosse. À plus.*}

Je sais que ce n'est pas très sympa, mais Sarah m'énerve vraiment en ce moment. Elle croit qu'en venant me voir tous les jours, je vais sortir de ma léthargie, mais elle se trompe. En ce moment, il n'y a que les manuscrits qui me permettent de m'évader et de penser à autre chose.

{*Bourrique*}

{*Moi aussi je t'aime !*}

Mon autre téléphone sonne.

— Lina bonsoir, que puis-je faire pour vous satisfaire ?

— …. Heu.

OK. Cela arrive parfois d'avoir des hommes qui ne savent pas vraiment comment faire pour commencer notre entrevue.

— Bonsoir, quel est votre prénom ?

Cela les décoince toujours un peu...

— Le vrai ?

— C'est comme vous voulez…

— OK, alors ce sera… Arthur…

— Parfait Arthur, comment puis-je vous satisfaire ? De quoi avez-vous envie ?

Après un long silence,

— … Laissez tomber. Je ne sais même pas pourquoi j'ai appelé.

Et il me raccroche au nez. Mais je rêve ! Je n'aurais pas gagné grand-chose avec lui ce soir !

Je reprends mon manuscrit et essaie de m'imprégner de la façon d'écrire de l'auteur afin de respecter ses tournures de phrases. La correction de manuscrit me permet de gagner ma vie plutôt correctement, mais le complément avec le téléphone rose fait que je peux m'accorder quelques plaisirs de temps en temps. De plus, je n'ai pas voulu déménager après la disparition de Loukas, cela fait donc plus de 3 mois que je paie un appartement deux fois trop grand pour moi seule ; mais je ne me suis pas résolue à tourner la page et à quitter tout ce qui me rattachait à lui et à nos souvenirs communs.

Le téléphone rose (qui est rouge d'ailleurs) sonne à nouveau.

— Lina bonsoir, que puis-je faire pour vous satisfaire ?

— Bonsoir Lina. Je ne sais pas vraiment en fait…

Cette voix grave me fait frissonner. J'imagine presque l'homme qui se cache derrière. Pourtant, j'en entends tous les jours, mais celle-ci…

— Arthur, c'est bien ça ?

Tiens, tiens, il s'est ravisé finalement.

— En effet. Que faites-vous habituellement pour satisfaire les hommes qui vous appellent ?

Je souris.

— En général, j'assouvis leurs fantasmes, leurs désirs enfouis qu'ils n'osent pas demander à leur compagne. Et vous Arthur ? Quel est votre fantasme non assouvi ?

Après un long silence, il me répond très sérieusement :

— J'ai fait en sorte d'assouvir tous mes fantasmes avec de vraies femmes…

Je suis surprise :

— Mais je suis une vraie femme ! Je peux vous l'assurer !

— Ce que je veux dire c'est que, par téléphone interposé c'est impossible…

Je suis un peu vexée. Puis il me vient une idée.

— Et pourtant, vous n'imaginez pas le nombre de personnes qui m'appellent tous les jours Arthur…

Je laisse ma phrase en suspens. J'ai pris ma voix la plus sensuelle.

— En effet, j'ai du mal à imaginer.

— Alors je vous propose quelque chose. Dites-moi quel est votre fantasme ou une envie que vous avez et je vous promets que vous n'aurez pas de mal à imaginer…

J'attends quelques secondes.

— J'aimerais qu'une femme soit très entreprenante avec moi. Qu'elle me baise…

Sa voix me perturbe. Elle est si grave, rauque. Il parle lentement, crûment.

— Très bien Arthur, alors fermez les yeux. Nous sommes en boîte de nuit…

— Je n'y vais jamais.

Ça commence bien !

— Alors à un festival, à l'extérieur. Je vous ai remarqué depuis quelque temps, votre regard m'a happée. J'avance vers vous, je sens l'air passer sous ma jupe courte… Ce que le groupe joue est entraînant. Je me place discrètement devant vous et bouge au rythme de la musique, il y a énormément de monde, nous sommes presque collés les uns aux autres. Je me rapproche lentement de vous jusqu'à ce que mes fesses ondulent contre votre corps, doucement. J'attrape vos mains et les place sur ma poitrine. J'ai un bustier… Vous n'avez aucun mal à passer vos mains à l'intérieur, elles englobent mes seins. Vous sentez l'effet de vos mains sur moi, Arthur ?

— Hum…

— Mes fesses continuent d'onduler contre votre corps. Je sens une protubérance contre elles, j'ai envie de vous avoir en moi… Je prends une de vos mains qui est sur mon sein et la place sous ma jupe… Vous sentez la dentelle de mes bas ? … Votre main remonte le long de ma cuisse… Je frémis à votre toucher… Elle passe sur mes fesses, les malaxe. Je l'attrape et la place sur ma culotte… Votre main commence à bouger… Vous sentez l'effet que vous provoquez sur mon corps ?

— …

Je n'entends rien, mais je sais qu'il est attentif, sa respiration s'est accélérée et on ne peut pas le cacher lorsque l'on est au bout du fil. Moi-même, je commence à me prendre au jeu. Je m'imagine onduler contre lui, ses mains sur mon corps.

— Hum Arthur… Je veux que votre main bouge plus vite, je veux sentir vos doigts sur mon intimité… Je me retourne vers vous, j'ai envie de vous goûter. Je vous embrasse, impatiemment. Nous reculons pour pouvoir nous isoler un peu tout en nous embrassant. À l'abri des regards, vous vous asseyez contre un arbre, je me mets à genoux devant vous, entre vos jambes… J'ouvre votre pantalon et le descends avec votre boxer. Je me baisse pour prendre en bouche votre masculinité qui s'érige fièrement devant moi… Ma bouche coulisse dessus, ma main vous caresse. J'ai envie de vous sentir en moi. Lorsque vous êtes bien vigoureux, je me relève, me place au-dessus de vous. Je remonte ma jupe, décale ma culotte et le place à l'entrée de mon intimité… Vous sentez la chaleur que je ressens ? Je le fais coulisser, je me caresse avec sans jamais l'introduire en moi… Vos mains ont descendu mon bustier, elles sont sur ma poitrine, votre bouche aussi. J'ai envie de vous sentir en moi… J'ai envie de vous baiser… Brutalement… Êtes-vous prêt, Arthur ?

— Oui…

Il a grogné plus qu'autre chose…

— Alors je descends doucement, vous sentez la chaleur de mon corps autour du vôtre ? Je monte et descends lentement, puis j'accélère le mouvement. Je vous sens en moi, je veux que vous alliez plus profondément… Votre main fait des cercles sur mon intimité pendant que je vous baise. Je vous regarde dans les yeux et je vois que vous allez jouir, Arthur… Je monte et descends plus vite… Nos corps claquent l'un contre l'autre, mes fesses rebondissent sur vos cuisses… Je sens une vague de chaleur en moi… Je me contracte autour de vous, vous sentez mes spasmes de plaisir Arthur ?

— Hum…

— Je me relève pour vous prendre en bouche à nouveau, jusqu'à ce que votre semence envahisse ma bouche…

Je ne l'entends pas. J'ai tellement bien imaginé la scène que je suis moi-même tout émoustillée.

— Arthur ?

— Je suis là…

Sa voix est encore plus rauque que tout à l'heure.

— Et ?

— Vous m'avez donné envie de sortir pour aller baiser quelqu'un.

— Bien, j'espère que vous vous amuserez bien. Bonne soirée Arthur…

— Ouais…

— Ho ! Et la prochaine fois, essayez de participer un peu…

— Merci, mais il n'y aura pas de prochaine fois.

Il raccroche. Je suis vexée, d'habitude, lorsqu'ils ne disent rien, c'est qu'ils ont apprécié. Au moins, il va sortir pour se faire plaisir et faire plaisir à quelqu'un aussi, j'espère…

CHAPITRE 3

Jonas

Non, mais je rêve ! Comment j'ai pu me laisser avoir par des conneries pareilles ? Comme si j'avais besoin de ça ! Faut dire que les relations humaines ce n'est pas mon truc en ce moment. Mais cette femme au téléphone… Sa voix, si sensuelle. Mais c'est son boulot après tout, je suis sûr qu'elle doit raconter cette histoire à tous les hommes qu'elle a au bout du fil. Mais quelle idée j'ai eue ! En tous cas, c'était la première et dernière fois pour moi. Bon, maintenant il faut que je sorte de mon appartement. Il faut que j'aille me soulager, ça fait tellement longtemps que je suis enfermé ici que je suis à l'étroit dans mon pantalon avec ses histoires.

Je sors et m'arrête au premier bar que je croise. Je retrouve pas mal de connaissances qui ne m'ont pas vu depuis une éternité. Je n'ai pas envie de m'éterniser avec eux, je ne suis pas là pour ça. J'ai repéré une femme qui n'a d'yeux que pour moi, il faut dire que mon côté mauvais garçon avec mes piercings et mes tatouages attire toujours deux ou trois femmes dans une soirée. Là, j'ai pris la première qui est venue vers moi. Ce n'est pas du tout mon genre. Elle est blonde siliconée, mais a de belles jambes et une jupe assez courte pour que je puisse passer mes mains dessous. Après lui avoir payé un verre et discuté de tout et de rien, je me rends compte qu'elle attend la même chose que moi. Une histoire sans lendemain. Nous nous dirigeons vers l'extérieur pour être un peu plus tranquilles et à l'abri des regards. Alors que je la plaque contre le mur et la soulève pour qu'elle entoure ma taille de ses jambes, je ferme les yeux et repense à ce que m'a dit cette femme au téléphone. Sa voix me hante, sa façon de me dire les choses, si lentement, je l'entends encore me susurrer la façon dont elle prend mon sexe en bouche, la façon qu'elle a de me murmurer qu'elle descend sur lui. Je jouis en repensant à sa voix si sexy.

Je me débarrasse du préservatif et le jette dans une poubelle. La femme me fait un sourire entendu et une bise sur la joue en me disant merci et à une prochaine. Je ne suis pas sûre qu'il y ait une prochaine, mais ça fait partie de mon image… Je suis le mauvais garçon, certaines femmes rêvent de passer du bon temps avec moi pour avoir une histoire à raconter à leurs copines.

Lorsque je rentre à l'appartement, Jim est déjà là à m'attendre.

— Une bière ?

Je prends celle qu'il me tend et commence à boire directement au goulot.

— T'étais où ?

Je souris en lui répondant :

— Un besoin urgent…

— Non ! Ça y est ? Tu es de retour ? Sérieux ?

Je lui fais un clin d'œil.

— On dirait bien…

— Alors tu viens avec moi ce soir ?

— Pourquoi pas ?

— Trop cool ! Attention mesdames ! Jonas est de retour parmi nous !

Qu'est-ce qu'il est con, j'éclate de rire avec lui. Je prends mes affaires, mets mon bonnet sur la tête et nous filons à la salle de concert. Ce soir, ce sont des potes qui jouent. Je prépare la scène et vérifie tout le matos. Il n'y a pas si longtemps, c'est moi qui jouais sur cette même scène, mais depuis quelques mois, je ne peux plus. Plus sans lui. Ça m'est foncièrement impossible. Alors je bosse avec d'autres groupes pour rester dans mon univers. Lorsqu'ils se mettent en place pour la répétition j'ai quand même un pincement au cœur. Cela me démange de remonter sur scène et de reprendre ma guitare. Mais non. Lorsque Lily s'approche du micro pour tester sa voix, mon esprit s'égare vers cette voix au bout du fil tout à l'heure. Quand je pense qu'une femme a réussi à me faire bander en me racontant un fantasme par téléphone ! Ce n'est juste pas croyable. Je me demande si elle ne fait que ça toute la journée. Parler de sexe à longueur de temps, ce doit être pas mal ça.

— Jonas ! Viens bouffer !

Je me rends compte qu'ils ont terminé et m'attendent pour aller au restau du coin avant le concert. Nous discutons de plein de choses, notamment de musique, mais tous évitent de me parler directement du groupe que nous formions auparavant. On commençait à être connus, mais le destin en a décidé autrement. Il n'y a que Lily qui ose me parler directement de tout ce qui est arrivé il y a quelques mois. Elle n'hésite pas à me rentrer dedans, elle est comme ma petite sœur. Nos parents étaient très amis plus jeunes, du coup, nous nous sommes vus très souvent pendant les repas festifs qu'ils organisaient. Ensuite, lorsque j'ai commencé la guitare, elle a commencé à chanter pour m'accompagner. Puis nous avons chanté tous les deux. Ensuite au lycée, d'autres nous ont rejoints : Jim, Jack, Stan. Puis, nous avons eu des divergences musicales. Lily a monté son propre groupe et nous avons continué avec le nôtre. Mais le nôtre n'existe plus…

Lily me fixe avec un petit sourire en coin.

— Alors ? Tu as trouvé une nana ce soir ? Une envie pressante ou tu as décidé de retourner à la civilisation pour de vrai ?

Je me retourne vers Jim qui me sourit à pleines dents.

— À ce que je vois, la pipelette a encore frappé !

— Allez, me dit Lily, il faut bien que tu ailles tremper ton biscuit de temps en temps sinon elle va sécher !

Tout le monde éclate de rire. Je me demande comment une nana si belle peut parler si mal.

— Lily ! Merde ! Ton langage !

Elle boit une gorgée de bière et me répond en souriant :

— Oh ! Pardonnez-moi très cher. Je disais donc qu'il faut bien que vous ayez des relations sexuelles avec la gent féminine de temps en temps pour ne pas que votre attribut se dessèche…

Nous rions tous ensemble de sa répartie. Elle a pris ses grands airs (chose qu'elle ne fait jamais) pour me parler. C'est une magnifique femme, très grande, avec ses éternels talons, de longs cheveux roux, des taches de rousseur sur le visage et de grands yeux verts. C'est une bombe que je considère comme ma petite sœur.

— Tu m'emmerdes ! Et non ! Je retournerai à la civilisation lorsque je l'aurai décidé et pas avant.

— Quand je pense que tu viens de me demander de surveiller mon langage ! Alors cette nana ?

— Quoi ?

— Elle devait avoir de sacrés atouts pour t'avoir fait sortir de ta léthargie…

Je pense tout de suite à cette voix grave et sensuelle au bout du fil. J'ai du mal à l'imaginer, mais sa voix a su me faire sortir de mon appart. Elle m'a redonné envie de voir une femme.

— Huston ! Ici la terre !

Lily passe sa main devant mes yeux.

— Alors ? C'était si bien que tu repenses à elle ?

— Arrête ! Juste une pulsion suivie d'un coup entre deux portes…

Je lève mon verre en lui faisant un clin d'œil. Lily a toujours détesté que je traite les femmes comme des objets. Mais ce qu'elle ne comprend pas, c'est qu'elles font de même avec moi ! Nous devons retourner à la salle de concert.

Le groupe investit les loges afin de se concentrer. Je vais sur scène pour poser les instruments et les tester. J'aime me retrouver sur scène juste avant que le public entre. Je suis seul au monde. Qu'est-ce que je ne donnerai pas pour retourner en arrière…

À la fin du concert, nous allons boire une bière au bar de la salle. Lily en profite pour rencontrer son public. Je sais qu'elle adore ça. Je la vois avec un homme qui a l'air de l'intéresser. Elle est comme moi, elle n'a pas envie de se caser. Elle veut s'amuser et profite de sa notoriété pour changer de partenaire aussi souvent qu'elle le souhaite. Elle joue sur les deux tableaux, elle peut repartir avec un homme ou bien une femme pour la soirée, voire les deux lorsque cela est possible. Elle est libre et c'est ce que j'aime chez elle. Elle se dirige vers moi.

— Alors ? Laquelle ?

Je suis son regard qui tombe sur trois femmes habillées en noir et maquillées comme des camions repeints. Pas du tout mon style. Malgré tout ce que l'on peut penser de moi, j'aime bien les femmes discrètes. Je me retourne vers Lily :

— Sans moi…

— Quoi ? Ça y est ! Tu me lâches ! Tu as baisé une fois dans la journée et tu ne peux plus rien donner. Mon pauvre petit chat…

Elle me caresse la joue. Je lève les yeux au ciel et me lève. J'ai envie de rentrer et de décrocher mon téléphone pour entendre sa voix.

— À plus Little Lil !

J'ai besoin d'air. Je décide de marcher un peu pour rentrer chez moi. J'ai envie d'entendre cette voix, mais d'un autre côté, je me dis que c'est du gros n'importe quoi ! J'ai envie d'entendre la voix d'une femme que je n'ai jamais rencontrée.

CHAPITRE 4

Louise

Une sonnerie me réveille. Je me retourne dans mon lit et regarde l'heure. Je rêve ! Il est trois heures du mat ! J'attrape mon téléphone rouge qui sonne, je regarde le numéro et hésite avant de répondre. De toute façon, il me faut plus d'argent.

— Lina bonjour, que puis-je faire pour vous satisfaire ? Ma voix est enrouée.

— Bonsoir, je vous réveille ?

Cette voix me donne des frissons. Arthur. Je me demande bien ce qu'il veut, après tout, je l'ai eu au téléphone il y a quelques heures à peine. J'hésite entre le renvoyer bouler gentiment ou lui répondre franchement. Mais j'ai besoin d'engranger plus d'argent, alors je vais y aller gentiment, je décide de ne pas répondre à sa question complètement nulle, autrement je risquerais de m'emporter.

— Arthur… Que me vaut ce plaisir ?

— Pour être franc… Aucune idée.

Ben ça alors. C'est nouveau ! Il m'appelle à trois heures du mat pour rien ! Garde ton calme… Respire… Je me mets de dos sur mon lit et regarde le plafond…

— Bien, alors lorsque vous aurez une idée, rappelez-moi !

Je m'apprête à raccrocher, mais sa magnifique voix m'interpelle.

— Attendez !... Je… Tout à l'heure, après notre conversation… Je suis sorti et…

— Oh ! Avez-vous trouvé une partenaire pour assouvir votre fantasme ?

— Oui et non…

— Comment ça ?

— J'ai trouvé une partenaire dont je me suis occupée, mais pas en réalisant mon fantasme…

— Et bien au moins, vous avez passé la soirée avec quelqu'un…

Contrairement à moi, je pense.

— Oui, en effet, mais pas la soirée, j'ai dû passer 30 minutes avec elle.

— Ha oui ! Trente minutes, pour assouvir un fantasme, ce n'est pas énorme !

— Bière et baise compris !

Il éclate de rire et je ris à mon tour. J'ai l'impression de parler à un pote de toujours.

— Au moins, vous ne perdez pas de temps !

— Lorsque j'ai envie de quelque chose, je fais en sorte de l'obtenir…

Sa phrase est pleine de sous-entendus, j'aimerais en savoir plus.

— Et de quoi avez-vous envie cette nuit, Arthur ? J'ai repris ma voix sensuelle.

— …

— Arthur ? Vous savez, vous pouvez tout me demander…

— Alors, décrivez-vous…

— Je suis celle que voulez que je sois Arthur… Quel est votre type de femme idéale ?

— Vous savez bien que la femme idéale n'existe pas !

— On va dire que je n'ai rien entendu. Comment l'imaginez-vous ?

— Brune. Des cheveux longs. Des courbes, des seins qui épousent mes mains, un cul rebondi. Plus petite que moi…

— Alors dites-vous que je suis cette femme cette nuit. *Il a presque tout juste sur ma description…* Mais pouvez-vous vous décrire physiquement ?

— Je suis un gars normal quoi !

— Oh. Alors vous êtes un grand blond avec costume et cravate ? Grand brun avec jean et baskets ? Petit bedonnant avec une moustache ?

Il éclate de rire…

— J'ai compris le message. Je suis brun, plutôt grand et proportionné normalement.

— Bien, on avance. Et si je passais mes mains sous votre tee-shirt… Est-ce que je sentirai des poils sous ma main ?

— Très peu…

— Et si votre bouche se retrouvait entre mes cuisses, est-ce que votre barbe de quelques jours me ferait de l'effet ?

— En effet… Ma langue percée pourrait vous faire plein de choses aussi… Imaginez sentir la chaleur de ma langue sur votre intimité, la fraîcheur de mon piercing en même temps…

— Hum… *Je n'ai pas de mal à l'imaginer en effet. Je n'ai jamais fait l'amour avec un homme percé, mais ça pourrait être intéressant…* Et votre langue sait faire d'autres choses ?

— Ma langue peut parcourir tout votre corps, s'arrêter sur votre poitrine, titiller vos tétons érigés vers moi. Elle peut s'immiscer dans votre bouche, elle peut parcourir la peau de votre cou… Ma langue peut vous faire ressentir énormément de choses Lina…

Ma main est maintenant sur mon intimité à me caresser. Il est doué !

— Oui… J'imagine très bien Arthur…

— Alors, imaginez ma langue qui titille vos seins, mon piercing qui les fait se dresser… Ma main qui caresse votre intimité. Lorsque je sens que vous êtes prête à m'accueillir, mes doigts s'immiscent en vous de plus en plus rapidement. Ma bouche descend le long de votre ventre pour rejoindre ma main. Ma langue suce, aspire votre clitoris de plus en plus vite. Je relève les yeux vers vous, vous êtes magnifique… Je veux vous voir jouir Lina, je veux que vous jouissiez sous mes doigts…

Mes doigts ont pris la place des siens et s'activent sur mon intimité. Je l'imagine très bien, trop bien. Je sens une vague de chaleur se propager en moi en entendant sa voix si sensuelle… Ça ne m'est jamais arrivé avec un autre homme auparavant, j'ai été excitée parfois, mais je ne me suis jamais touchée en pensant à ce que pourrait me faire un homme à l'autre bout du fil… je ne peux retenir un gémissement…

— Oooooooh ! *Oups. C'est mon vrai moi qui a parlé, Louise et non Lina.*

— Est-ce que je dois comprendre que vous avez apprécié ?

— Je dois vous avouer que oui. Énormément. Vous êtes doué pour faire travailler mon imagination…

— Alors imaginez-vous ce que je peux faire dans la réalité…

Sa voix reste en suspens. J'imagine très bien oui. Avec un homme comme ça, tu restes au lit toute la journée !

— Je pense pouvoir deviner Arthur…

Je regarde l'heure : 4 h 30. Ça va être compliqué pour me lever, et lui va avoir une note salée c'est sûr.

— Arthur, que puis-je faire pour vous ?

— Vous m'avez permis de m'évader Lina. C'est beaucoup déjà... Bonne fin de nuit.

— Bonne fin de nuit Arthur...

Après avoir raccroché, je n'arrive pas à m'endormir. J'imagine cet homme me faire l'amour toute la fin de la nuit. Lorsque je me lève le matin, je n'ai dormi que quelques heures alors que sa voix hante encore mes pensées.

Je dois me lever, passer à la maison d'édition pour récupérer d'autres manuscrits et rendre ceux que j'ai terminés. Mon contrat stipule le nombre que je dois faire chaque mois et je n'ai pas le temps de faire autre chose !

Lorsque je sors de chez moi, il est déjà 8 h 30. Je file à pied jusqu'aux bureaux. J'aime beaucoup marcher, c'est mon sport quotidien étant donné que je ne bouge pas beaucoup avec mon travail. Après 20 bonnes minutes de marche avec mes écouteurs dans les oreilles, j'arrive enfin. L'ascenseur s'ouvre sur Lily, une collègue de boulot complètement déjantée que j'adore.

— Hey ! Salut ma jolie ! Ça va en ce bon matin ?

J'adore, elle est toujours de bonne humeur. Elle est arrivée il y a deux ou trois mois ici, elle gère tous les appels et les rendez-vous.

— Salut ! Bien et toi ?

— Bah la nuit a été courte, mais on fait aller !

— À qui le dis-tu !

— Pas bien dormi ?

— Pas assez longtemps non plus. Comment fais-tu pour ne pas avoir l'air fatigué ?

— L'habitude ma belle ! L'entraînement ! Je te montrerai un de ces soirs !

Elle file pour répondre au téléphone. Je sors de l'ascenseur après avoir passé plusieurs heures à discuter avec mon responsable. Lily me fait un signe de la main pour que je la rejoigne. Mon sac est beaucoup plus lourd qu'à l'aller. Si j'avais su, j'aurais pris ma voiture !

— Tu rentres chez toi ?

Je lui montre mes manuscrits.

— Oui ! Direct !

— Rassure-moi, tu es en voiture j'espère ?

— Non, j'avais envie de marcher…

Elle attrape son sac et sort avec moi.

— Je vais manger, tu viens avec moi ? Je dois rejoindre un pote qui n'a pas vraiment le moral en ce moment…

— Je ne veux pas vous déranger Lily…

— Allez viens ! Ça nous fera du bien de nous poser un peu !

Nous arrivons devant une brasserie qui est pleine de monde. Lily se dirige vers deux hommes qui sont attablés à la terrasse. Après leur avoir fait la bise, elle me lance :

— Viens, n'aie pas peur ! Ils ont l'air féroces, mais sont très gentils quand ils veulent !

Elle me fait un clin d'œil et s'assoit entre les deux. Je fais de même et essaie de cacher mon malaise.

— Tu veux boire quelque chose ? me demande l'un d'eux, on a commandé des bières.

Je hoche la tête pour lui répondre, Lily ne nous a même pas présentés. Je suis de plus en plus mal à l'aise. J'observe les hommes de notre table discrètement alors que Lily continue de discuter avec celui qui m'a parlé. Il a un sourire à tomber par terre. Il a les cheveux châtains un peu longs qui lui retombent dans ses yeux bleu très clair. L'autre est très fermé, il m'a à peine dit bonjour. Un brun avec les cheveux plus courts sur les côtés et longs sur le dessus. Il a un piercing sur l'arcade sourcilière, je n'ai pas encore vu ses yeux. Il est habillé avec des habits sombres et j'essaie de deviner une partie de ses nombreux tatouages qui dépassent de son tee-shirt, mais il y en a beaucoup trop. Lily n'arrête pas de parler, même après avoir commandé, elle n'arrête pas de nous raconter ses déboires avec les clients et les auteurs. Elle me présente enfin comme étant une collègue de boulot. Celui que j'ai surnommé Monsieur sourire me pose quelques questions quant à l'autre, il n'a pas daigné ouvrir la bouche. J'ai l'impression que je le dérange.

Lorsque nous avons terminé, je prends mon sac en soufflant et me motive pour rentrer. J'en ai bien pour trois quarts d'heure vu le tas de manuscrits que je me traîne ! Monsieur sourire me laisse passer devant lui en me tenant la porte, Lily et Monsieur Ronchon suivent derrière en discutant tranquillement. Je n'entends pas leur conversation. Je me rapproche de Lily pour la remercier et lui souhaiter une bonne journée, mais elle en a décidé autrement.

— Hey ! Tu rentres à pied ?

— Oui. Je n'ai pas pensé que je reprendrais plus de manuscrits que j'en ai rendu, mais ça va me faire du bien. Je vais y aller tranquillement.

— OK. Comme tu veux. À plus ma belle.

— À la prochaine Lily.

Je commence à marcher en me maudissant d'avoir été aussi bête, lorsque je sens une présence à côté de moi. Monsieur sourire me tend une main.

— Qu'est-ce qu'il y a ?

— Donne-moi ton sac, on va te déposer.

Je me retourne et vois Monsieur Ronchon. Il a les bras croisés sur sa poitrine et n'hésite pas à me détailler des pieds à la tête. Je suis super mal à l'aise, ses yeux couleur ciel d'orage s'ancrent dans les miens. J'ai l'impression d'être un morceau de viande qu'il évalue avant de me sauter dessus et me dévorer. Il m'inspire de la peur alors que des frissons me parcourent le dos.

— C'est bon, j'ai l'habitude.

Il me prend le sac des mains et m'invite à le suivre. Je n'ai pas le choix, il me fait monter dans un range rover noir. Monsieur Ronchon se met au volant, il regarde Monsieur sourire et lui fait un signe en lui montrant sa montre.

— C'est bon ! On va être à l'heure ! Ma belle, où est-ce qu'on te dépose ?

Je lui donne l'adresse.

— Ça tombe bien ! Nous n'allons pas trop loin.

Je m'installe derrière le siège conducteur. Quelle erreur ! Monsieur Ronchon n'arrête pas de me fixer dans son rétro. Gris. Ses yeux sont gris, il me semble. Je ferme les yeux, mets mes écouteurs dans les oreilles et pose ma tête sur le dossier du siège. Un brusque coup de frein me réveille en sursaut, je me suis endormie ! Monsieur Ronchon a un petit sourire en coin. Il est pas mal quand il daigne sourire, même si c'est pour se moquer de moi. J'enlève mes écouteurs et sors de la voiture. Monsieur sourire me raccompagne devant chez moi en portant mon sac.

— Voilà ma belle ! Ne t'inquiète pas pour l'ours au volant. Il est dans une mauvaise période.

Il me fait un clin d'œil.

— Je comprends, ça m'arrive aussi tous les mois… !

Je lui fais un clin d'œil et il explose de rire. Je l'ai dit assez fort pour que l'ours l'entende. Étant donné son regard, je préfère filer sans demander mon reste.

— Merci ! À plus !

— Hey ! Jim ! Je m'appelle Jim !

— Cool. Louise.

Je passe vite la porte de mon immeuble, car je sens le regard de Monsieur Ronchon dans mon dos et n'ose pas me retourner, je n'ai pas envie de me plonger dans son regard assassin. Il démarre la voiture en mettant la musique à fond.

CHAPITRE 5

Jonas

Je regarde Jim qui a le sourire jusqu'aux oreilles, on dirait le chat d'Alice au pays des merveilles. Il est pénible, dès qu'il voit une belle nana, il faut qu'il fasse le joli cœur, le chevalier servant.

— Ferme la bouche, tu vas avaler une mouche !

— Arrête !

— Tu es sérieux ? Depuis qu'on est reparti, tu n'arrêtes pas de sourire comme un niais.

— Ben quoi ! Je crois que je suis tombé amoureux !

— C'est ce que je dis : arrête ! Tu la connais depuis quoi ? Trente minutes ? Et tu es déjà amoureux ! Pfft… Je vais encore te ramasser à la petite cuillère…

— C'est sûr que ça ne va pas t'arriver à toi ! Tu n'as pas eu de relations avec une femme depuis quand ?

— Hier soir.

Je lui fais un clin d'œil.

— Je parle d'une vraie relation, Jonas, pas d'un coup dans un bar. Je te parle d'avoir une discussion sérieuse avec une femme, de parler de vos goûts, de votre journée, de ce que vous voulez faire le lendemain ou le prochain week-end. La vraie vie quoi !

— Laisse tomber…

— Sérieux, il va falloir que tu commences à sortir, à voir d'autres personnes. Ça fait presque trois mois merde ! Bouge !

J'arrête la voiture devant le studio d'enregistrement et descends. Je ne veux plus l'entendre déblatérer n'importe quoi. Je dépanne le studio de temps en temps en jouant de la guitare ou de la basse pour compléter un groupe. Jim me suit de loin. Je m'enferme dans le bocal avant que tout le monde s'installe, branche ma guitare et mets mon casque sur les oreilles.

Je ferme les yeux et pense à ce que m'a redit Jim dans la voiture. Sortir, rencontrer d'autres personnes, discuter avec une femme. Tout à coup, je repense à sa voix. Finalement, je me rends compte que je discute avec cette Lina, enfin, nous discutons plutôt de sexe, mais cela me détend, aucun tabou. Ce n'est pas comme cette nana qui est arrivée à midi avec Little Lil. Avec ses manuscrits, ses cheveux attachés comme la première de la classe, son petit chemisier blanc et son pantalon à pinces noir, on aurait dit une vieille bibliothécaire ! Comment Lily peut-elle supporter une femme comme elle ? Je ne comprends pas.

Les gars du groupe arrivent enfin et on se met à bosser. Lorsque nous sortons du studio, il fait nuit. Je n'ai pas envie de sortir manger avec les autres, j'ai besoin de me retrouver seul. Je pense à Lina, mon esprit a beau me dire que cette femme est payée pour me parler comme ça, je ne sais pas, j'ai l'impression qu'elle m'apaise. Arrivé chez moi, je prends ma guitare sur le siège arrière lorsque quelque chose tombe. L'iPod de la fille de ce midi ! Louise. Je le prends avec moi et monte à la maison. Je prends une bière au frigo et décide d'écouter ce qu'il y a dedans. Je m'attends à trouver des trucs niais comme elle, genre Céline Dion ou autre, mais je suis très surpris ! Dès les premières notes, je reconnais la musique des Pogues, en avançant un peu, je me rends compte qu'il n'y a, pour les trois quarts que du

rock. Est-ce que je me suis trompé sur cette Louise ? Non…
Étant donné son apparence… Je passerais voir Lily pour
lui rendre et elle lui remettra. Après avoir grignoté et bu
quelques bières, j'attrape mon téléphone et appelle Lina.
Lorsqu'elle décroche, je souris.

— Lina bonjour, que puis-je faire pour vous satisfaire
Arthur ?

Ça me fait toujours quelque chose qu'elle m'appelle
ainsi, c'est mon deuxième prénom.

— Bonsoir Lina.

— Comment allez-vous Arthur aujourd'hui ? Que
puis-je faire pour vous ?

— Pour tout vous dire, je ne sais toujours pas.

Je l'entends rire au téléphone. Ce son est magnifique,
j'ai l'impression que c'est le vrai elle.

— Dites-moi Lina, me direz-vous votre nom un jour ?

— Mon très cher Arthur, je ne pense pas non ! Ce serait
trop dangereux pour moi. Imaginez que vous soyez un
dangereux psychopathe, que vous découvriez mon adresse,
que vous veniez chez moi…

Je souris.

— J'aimerais beaucoup venir chez vous Lina, mais pas
pour vous tuer ou plutôt si, vous tuer de plaisir, à petit
feu… Je vous ferais jouir si souvent que vous ne tiendriez
pas…

— La petite mort…

— C'est exactement ça… La petite mort… L'avez-vous
déjà ressentie un jour, Lina ? Le moment ou votre état de
jouissance est tel que vous avez l'impression que votre
cœur s'arrête…

— J'en ai l'eau à la bouche Arthur. Mais nous savons tous les deux que c'est impossible. Je dois préserver ma vie privée.

— Je comprends. Pouvez-vous me donner un indice sur vous ?

— Quel genre d'indice ?

— Un indice physique. Si un jour je vois cet indice sur vous, je saurais qui vous êtes…

— Hum… Très bien, même si vous savez que nous n'avons aucune chance de nous rencontrer un jour, Arthur… Et je veux que vous fassiez la même chose…

— Sans problème Lina.

— OK. J'ai un tatouage…

— Il va falloir m'en dire plus Lina…

— Un lutin des bois. À vous.

Je souris. J'ai tellement de tatouages !

— J'ai une boussole, sur mon bras gauche (perdue au milieu d'autres, plus importants)

— Pour ne pas perdre le Nord ?

— Pour ne plus le perdre en effet.

— De quoi avez-vous envie ce soir, Arthur ?

— Est-ce qu'on peut juste... Discuter ? Votre voix m'apaise…

— Alors voilà ce que nous allons faire Arthur, je vais m'allonger et ensuite vous allez vous allonger sur moi et poser votre tête sur mon ventre.

— Sans oublier ma main sur un de vos seins…

— Bien sûr. Quant à moi, je vais passer une main dans vos cheveux et l'autre sur votre bras. Je vous masse le cuir chevelu et vous caresse le bras. Fermez les yeux Arthur…

Cette voix ! Elle est magnifique… Elle me chante du *Pink*, il me semble. *The Great Escape*. J'imagine sa main qui me masse les cheveux, ses arabesques sur mon bras. Elle s'arrête.

— Une autre Lina. Votre voix est magnifique.

— Soporifique plutôt !

— S'il vous plaît. Encore…

— Parfait Arthur. On se réinstalle…

Elle reprend une chanson de *Rag'n'bone man : Die Easy* puis elle enchaîne sur une chanson de *Radiohead : Creep*. Lorsqu'elle s'arrête, je suis plus qu'apaisé. Sa voix est grave et rauque à la fois. Elle a raté sa vocation de chanteuse. Elle me chuchote :

— Arthur ?

— Vous savez que vous avez raté votre vocation de chanteuse ?

— Laissez-moi rire ! Je suis bien loin de tout cet univers…

— Oh ! Et est-ce que je peux en connaître un peu plus sur votre univers ?

— Vous venez d'avoir plusieurs indices Arthur, il se fait tard, je vous souhaite une bonne nuit.

— À bientôt.

Je suis allongé sur mon canapé, reposé, calme. Cette femme a le don de me détendre. Est-ce que c'est sa voix ? Sa façon de me parler ? Le fait qu'on ne se voit pas ? Qu'on ne sache pas à quoi ressemble l'autre ? J'attrape ma guitare et commence à chanter à mon tour. Elle m'en a donné envie. La première fois depuis plus de trois mois…

CHAPITRE 6

Louise

Je suis vidée. Complètement. Je ne sais plus depuis combien de temps je n'ai pas chanté pour quelqu'un. Arthur est le seul pour l'instant qui m'en ait donné envie. C'est marrant, je lui ai demandé de se mettre dans la même position que nous prenions Loukas et moi lorsque nous étions seuls le soir. Arthur fait remonter en moi des sentiments que je n'avais pas ressentis depuis longtemps. Je me lève pour attraper mon iPod. Je prends mes écouteurs et vois qu'il n'y a rien au bout. Oh non ! J'ai dû le laisser tomber dans la voiture de Monsieur Ronchon lorsqu'il a freiné comme un fou. Il faut que je le récupère absolument. C'était celui de Loukas et j'y tiens énormément. Je passerai dès demain matin à la maison d'édition pour demander à Lily qu'elle demande à Monsieur Ronchon de me le rendre.

Le lendemain matin à la première heure, je me dirige d'un pas décidé vers la maison d'édition pour voir Lily. En entrant, je vois qu'elle n'est pas là. Une femme est assise à sa place.

— Salut ! Je viens voir Lily. Tu sais où je peux la trouver ?

— Salut ! Oui, elle est à la salle de concert. Elle avait une répétition aujourd'hui, il me semble.

— Une répétition ?

— Ben oui ! Elle chante dans un groupe. Tu ne le savais pas ?

— Heu… Non.

— Bon, je te laisse, j'ai du boulot !

Je repars comme je suis venue et vais à la salle de concert. Je me dirige vers le premier café en terrasse proche de la salle après avoir constaté qu'elle était fermée et ouvre un manuscrit pour attendre Lily.

— Arrête de raconter n'importe quoi !

Cette voix grave et ce rire me font lever la tête. Arthur. Un groupe d'hommes passe devant moi suivi de près par Lily et Monsieur Ronchon. Peut-être qu'Arthur fait partie de ce groupe ? Si ça se trouve, je viens de le croiser sans le savoir. Je m'avance vers Lily et Monsieur Ronchon qui pose ses yeux sur moi. Ils me foudroient sur place, je n'ose plus faire ou dire quoi que ce soit. Lily me saute au cou.

— Hey ma belle ! Que fais-tu ici de si bonne heure ?

— Je voulais te voir pour te demander le numéro de Monsieur Ronchon…

— Monsieur Ronchon ?

Oups ! J'ai encore gaffé. Je pose ma main sur ma bouche, mais c'est trop tard. Je suis tellement habituée à l'appeler comme ça dans ma tête que mes mots ont été plus rapides que mes pensées. Je sens le rouge me monter aux joues. Je relève lentement les yeux vers l'homme face à moi. Il a les bras croisés sur son torse et me toise de toute sa hauteur. Je me sens encore comme un bout de viande, je me tasse un peu sur moi-même. Après un silence interminable, Lily éclate de rire. Nous nous tournons tous les deux vers elle :

— Sérieux Jonas, Monsieur Ronchon ! Trop bien pour te définir en ce moment non ? Tape-m'en cinq ! me dit-elle en me tendant sa main.

Je souris en lui tendant la mienne. Elle tape dedans et s'exclame :

— Allez, Monsieur Ronchon ! Souris !

Il souffle, secoue la tête de droite à gauche et lève les yeux au ciel en avançant devant nous. Lily passe son bras sous le mien.

— Tu m'attendais ?

— Oui, je voulais que tu me donnes le numéro de Monsieur Ron… Heu, de Jonas ! J'ai dû faire tomber mon iPod dans sa voiture hier et je voulais savoir s'il l'avait trouvé. J'y tiens énormément…

— Jonas !

Il se retourne vers nous.

— Tu as trouvé un iPod dans ta voiture sur le siège arrière ? Louise a dû le laisser tomber hier lorsque vous l'avez ramenée.

Il me toise encore de haut en bas. Et tourne la tête de droite à gauche. Mais où l'ai-je mis ? Et surtout où je l'ai-je perdu ? Il faut que j'aille voir dans la rue devant chez moi, il est peut-être tombé là-bas.

— Tu en es sûr ? Je veux dire, on peut aller vérifier encore ?

Il me tend les clés de sa voiture.

— Jonas ! lui hurle Lily. Un peu de compassion ! Elle y tient à son truc !

Il hausse les épaules et nous tourne le dos.

— Ma belle, je dois y aller. Rejoins-nous à la salle, je dis à Marc que tu arrives, il t'ouvrira. C'est bon ? On est garé sur la place plus loin. À tout de suite !

C'est une blague ! Mais quel connard ! Il a décidé de ne pas me parler parce que je l'ai traité de Monsieur Ronchon ? Mais il a quel âge ? Je me dirige vers la place et appuie sur les clés pour repérer la voiture. Je ne suis pas étonnée de voir qu'elle est garée n'importe comment sur un trottoir. Je monte à l'intérieur, regarde sous les sièges et bien sûr, il n'y a rien. Même pas un peu de poussière qui traîne. Elle est sûrement neuve, ce n'est pas possible. Je monte à l'avant côté passager pour vérifier encore sous les sièges. Ma curiosité prend le dessus. J'ouvre le vide-poche et découvre énormément de CD. Du rock pour la plupart, je n'en connais que la moitié, et encore ! Bon, pas d'iPod en vue.

Je repars et me dirige vers la salle de concert. Le fameux Marc me laisse passer sans soucis. Lorsque j'entre, c'est le choc. Lily et Jonas sont sur scène, elle est debout, micro à la main alors que lui est assis sur une chaise à l'accompagner avec sa guitare. Il a les yeux dans le vide. Il n'est plus sur scène, il est parti, loin de nous, très loin. En l'observant, je me rends compte qu'il est beau, une beauté sauvage, abrupte. Lorsque son visage n'est pas fermé, il est magnifique. Lily s'arrête de chanter, ils se regardent longuement sans rien dire, j'ai l'impression qu'il se passe entre eux quelque chose que je ne pourrais jamais comprendre. Elle s'agenouille devant lui.

— Tu veux bien ? Il n'y a que nous… Comme avant.

Elle lui parle comme à un petit garçon. Il ne dit rien et hoche la tête, inspire de l'air et souffle d'un coup. Il commence à gratter les cordes de sa guitare, je connais cette chanson. Loukas l'écoutait, elle est dans l'iPod. *Done All Wrong* de *Black Rebel Motorcycle Club*. Je ne peux plus bouger, sa voix si douce, cassée. Je ferme les yeux, je me laisse envahir par le son de sa voix, des frissons me parcourent le corps. Lorsque Lily l'accompagne, c'est encore plus beau. Je suis subjuguée, je m'assois par terre, je n'arrive pas à les quitter des yeux. Lui surtout. Lorsqu'ils ont terminé, ils se fixent tous les deux. Lily s'approche de lui et le prend dans ses bras. Elle s'accroupit devant lui et le serre fort. Est-ce que ce sont des larmes qu'elle essuie sur le visage de Jonas ? Elle lui prend le visage en coupe et le fixe plusieurs minutes. Ils se sourient.

— Je t'aime plus que tout Jonas. Tu le sais, n'est-ce pas ? Il hoche la tête.

— Alors, s'il te plaît, pour moi, pour nous, pour tous ceux qui te connaissent, relève la tête, sois fier et fort, comme avant… Et Putain ! Mais remets-toi à chanter. Tu as tellement de talent !

Il ferme les yeux, elle le prend dans ses bras. Il niche sa tête dans son cou et la serre. Je suis gênée d'assister à cette scène. Je me lève discrètement et pousse la porte lorsque mon téléphone se met à sonner. Je me dépêche de partir pour me retrouver sur le trottoir devant la salle. J'ai décroché. Oh non ! Sarah !

— Oui ma belle ?

— Ha quand même ! Je pensais que tu étais morte !

— Toujours là. Écoute, je suis désolée, mais j'ai toujours autant de boulot et…

— Et tes pervers t'appellent toujours autant ?

— Oui, mais que veux-tu, ça me paie mon loyer !

— Eh bien, déménage ! Et trouve quelque chose de plus petit !

— Sarah ! lui hurlé-je. Arrête avec ça OK ? Je suis bien dans cet appart, et si je dois bosser jour et nuit pour y rester, je le ferai tu m'entends ? Je n'ai pas besoin d'une rabat-joie pour me rappeler tous les jours que je dois partir et laisser mes souvenirs derrière moi ! J'ai déjà perdu son iPod alors…

Je m'assois sur le trottoir. Les larmes affluent dans mes yeux, il ne manquait plus que ça… Je pleure sur un trottoir en pleine rue.

— Je suis désolée ma belle. Tu ne peux pas le retrouver ? Tu te souviens des chansons qu'il y avait dessus non ?

— Sérieux, tu ne comprends rien… C'était le sien, l'ordre des musiques, les titres et tout ça je n'en sais rien moi ! Tu me saoules avec toutes tes questions.

Et je raccroche.

J'ai juste envie de hurler. De crier au monde entier que rien ne va en ce moment. Je sursaute lorsque quelqu'un vient s'asseoir près de moi. Lily. Elle me tend un mouchoir.

— Allez viens. Je ne sais pas ce qu'il se passe dans ta vie, mais je n'aurais pas aimé être la personne au bout du fil !

— C'est… Enfin, c'était, ma meilleure amie…

Elle éclate de rire.

— Eh bien ! Rappelle-moi de ne jamais le devenir alors !

Je ris aussi entre deux reniflements.

— Sans faute promis. J'ai juste envie de hurler.

Elle me prend par le bras et me conduit à la salle.

— Viens, j'ai ce qu'il te faut…

Nous avançons vers la scène. Je croise le regard de Jonas. Ses yeux sont rougis, tout comme les miens doivent l'être aussi. Lily me regarde :

— Tu sais chanter ?

Automatiquement, je repense à hier soir et à Arthur. Je souris.

— Tout dépend quoi…

— Tu as envie de hurler ?

Je hoche la tête.

— Alors, voilà le micro, là tu as la table de mix avec toutes les musiques que tu veux. Nous, on te laisse te défouler.

Ils s'avancent vers les coulisses et me laissent seule. J'hésite entre un titre de *Muse* et un autre de *System of a*

Down. Je dois me défouler. Dès que la musique commence, je me lâche. Je suis seule dans ma bulle. *Hypnotise*. Lorsque la musique s'arrête, j'envoie valser mes chaussures ainsi que ma veste. Je suis en débardeur. Je n'en ai pas assez. Comme personne ne vient, je continue avec *Muse Butterflies and Hurricanes*. C'est trop le pied ! Je m'éclate. Vraiment. Je saute dans tous les sens. Lorsque la musique se termine, je suis morte et en sueur.

Je sursaute lorsque j'entends quelqu'un qui frappe lentement dans ses mains. Je me retourne et croise le regard de Jim. Jonas et Lily arrivent quelques minutes plus tard. Alors que Jonas me fixe encore, je me souviens que j'ai encore ses clés de voiture. Je file les chercher dans mon sac qui est resté au sol. Je me penche en avant pour les attraper jusqu'à ce que je me rende compte que j'ai trois paires d'yeux qui me matent les fesses. Lily compris. Je tends les clés à Jonas.

— Merci. Je ne l'ai pas trouvé. Je dois y aller. Merci pour le défouloir ! Je file.

Alors que je me dirige vers la sortie, Jim me rattrape et me tend ma veste.

— Tu as oublié ça. Attends, je vais te raccompagner.

Il me tend son bras que j'attrape et nous filons chez moi. Je lui explique pour mon iPod. Pas tous les détails bien sûr, mais juste le fait que j'y tiens beaucoup, car il appartenait à une personne qui m'était chère. Il m'aide à chercher devant chez moi en vain. Lorsqu'il me demande les musiques qu'il y avait dessus, j'éclate de rire en lui expliquant que c'était du rock pour la plupart et que pour certaines d'entre elles, je connais les chansons, mais pas du tout le titre et encore moins le nom des groupes…

— OK, on est mal barré, mais après je pense qu'on va pouvoir t'aider.

— Comment ça, on ?

— Jonas et moi.

— Tu m'expliques ?

— Nous sommes des fans de musique et nous gardons tout ce que nous avons écouté et aimé un jour. Du rock en général. Je pense que Jonas en a plus que moi, mais on va commencer par les miens et ensuite s'il t'en manque, on ira piocher chez lui… Ça te va ?

J'en ai les larmes aux yeux. Si je pouvais refaire une clé avec toutes les musiques de Loukas, ce serait vraiment génial. Je lui saute au cou et lui fais une bise sur la joue. Il rit et me fait voler. Lorsqu'il me repose, nous sommes gênés tous les deux.

— Bon, pour commencer, note-moi tout ce dont tu te souviens, groupe ou paroles… Ça marche, ma belle ?

Je le serre dans mes bras. Il n'imagine pas à quel point c'est important pour moi.

— OK. On peut faire ça tout de suite ?

Il a l'air étonné.

— Alors c'est vraiment important ?

— Tu n'imagines même pas !

Nous montons chez moi. Après nous être servi des bières, nous commençons la recherche des musiques. Installés sur le canapé, nous nous entendons plutôt bien. Jim est quelqu'un d'assez solaire, il embellit ma journée. Lorsque son estomac émet un bruit bizarre, il est gêné et moi, j'éclate de rire. Je me lève pour regarder ce que j'ai dans mon frigo et lui propose de commander des pizzas. En attendant qu'elles arrivent, nous faisons une pause. Il est étonné de voir autant de livres et de manuscrits étalés un peu partout dans l'appartement. Après lui avoir expliqué mon vrai travail, nous continuons à parler. La grandeur de mon appartement le surprend aussi, je lui explique qu'il y a un peu plus de trois mois encore nous étions deux et que j'ai du mal à partir. Je ne sais pas s'il a tout compris, mais je pense qu'il croit à une séparation. Je n'ai pas envie de m'étaler sur ma vie. Nous continuons notre recherche de musique tout l'après-midi en buvant quelques bières. Nous avons bien avancé lorsque le soleil se couche. Au moment de partir, Jim me prend dans ses bras. Il est plus grand que moi. Il me susurre à l'oreille.

— Merci pour cette belle journée.

Ses lèvres se déplacent sur ma joue puis se décalent sur les miennes. J'hésite un moment puis l'embrasse en retour. Cela ne me dérange pas lorsqu'il devient plus entreprenant, nous avons passé une grande partie de la journée ensemble et je suis bien avec lui. Nous reculons jusqu'à mon canapé, continuons de nous embrasser plus passionnément. Je me retrouve allongée sous lui, ses mains expertes passent sous mon débardeur et dégrafent mon soutien-gorge en un éclair. Ses lèvres descendent dans mon cou, me lèchent, me mordent. Je me relève pour qu'il m'enlève mon débardeur et fais passer son tee-shirt par-dessus sa tête aussi. Je suis scotchée par son immense tatouage sur son ventre et son torse alors qu'il fond sur moi. Lorsque mon téléphone sonne, je ne fais pas attention. Il s'arrête. Nous reprenons, nos pantalons atterrissent sur le sol. Jim descend vers mes seins, il les lèche et les mordille. Il continue sur mon ventre jusqu'à mon intimité. Il relève les yeux vers moi et me sourit alors qu'il plonge sa tête entre mes jambes. Merde ! Je ne sais plus la dernière fois que j'ai fait l'amour ! Lorsque sa langue se pose sur mon intimité, je ne peux m'empêcher de gémir et de bouger mon bassin vers lui. Il augmente ses mouvements, je sens une vague de chaleur qui monte. Le téléphone rouge sonne à son tour. Jim s'arrête.

— N'arrête pas !

J'attrape mon téléphone rouge (Arthur) et coupe la sonnerie. Jim continue ses mouvements de langue entre mes jambes. Lorsque ses doigts s'insinuent en moi, je ne peux m'empêcher de penser à Arthur et à ce qu'il m'a dit qu'il me ferait avec son piercing. Rien que de penser à lui, une vague de chaleur monte en moi et je jouis entre les doigts de Jim. Il se relève vers moi et m'embrasse avidement. Mon téléphone rouge vibre sur la table. Encore Arthur. Je me relève, l'amène à la cuisine et l'éteins. Lorsque je me dirige vers le canapé, Jim enfile un préservatif. Il est assis et se masturbe en me regardant.

— Ce que tu es belle ! Viens.

Il prend ma main et me tire vers lui. Je me mets face à lui et le chevauche. Je descends sur son sexe érigé et commence à monter et descendre lentement en le regardant dans les yeux. Après quelques mouvements, il pose sa tête en arrière en grognant. Mes mains se posent sur ses pectoraux développés alors que les siennes sur mes hanches accompagnent mon corps. Il se redresse et prend mes seins en bouche, les lèche, les mord alors que je continue d'onduler sur lui. Nous nous embrassons alors qu'il se relève avec moi dans ses bras et me repose sur le canapé. Mes jambes sur ses épaules, Jim accélère ses mouvements en me tenant les hanches fermement. Qu'est-ce que c'est bon ! Je ne peux m'empêcher de gémir sous ses mouvements rapides. Je sens un orgasme fulgurant qui monte en moi. Je ne veux pas qu'il s'arrête.

— Oh ! Encore, plus vite…

Il me sourit, fait redescendre mes jambes qui enlacent maintenant sa taille. Il me soulève les hanches et augmente encore la cadence. Nos peaux claquent, nous sommes en sueur. L'orgasme me prend par surprise, je hurle son prénom. Il me suit presque en même temps. Nous sommes essoufflés tous les deux et en sueur. Il enlève le préservatif et le jette par terre. Il s'allonge sur moi et me caresse le bras et la hanche. Il suit le contour de mon tatouage. C'est un arbre tout en noir et gris avec un lutin des bois assis sur une branche et caché par quelques feuilles. Il commence sur ma hanche gauche pour continuer sur mon flanc et les branches se perdent sous mon sein et sur la partie gauche de mon dos. C'est une pièce énorme. Mais il est magnifique. Je caresse le dos et le torse de Jim, je me rends compte qu'il a plusieurs tatouages. Celui sur son ventre représente un diable il me semble, les autres, il y en a énormément, représentent beaucoup de choses différentes. Mes mains s'arrêtent sur ses tétons qui sont percés. Mes pensées vont vers Arthur qui m'a appelée deux fois déjà. Jim me caresse toujours, des frissons parcourent mon corps alors que je commence à avoir froid. Je sens son corps qui s'alourdit, il s'est endormi et ronfle doucement. Je me décale sans le réveiller, le recouvre avec mon plaid et file sous la douche. Je me sens bien. Ce mec est doué pour le sexe, c'est sûr, j'ai pris mon pied comme jamais. Mais je me demande pourquoi mon esprit a dérivé plusieurs fois vers Arthur. Ce n'est qu'un homme avec qui je parle souvent au téléphone et je pense souvent à lui. J'ai eu comme l'impression de le tromper ce soir, alors que pas du tout. Lorsque je sors de la salle de bain, Jim est réveillé et regarde son portable.

— Hey, ma belle, viens par ici.

Je me penche pour lui faire un baiser sur la bouche et il me prend dans ses bras pour me serrer fort.

— Je peux t'emprunter ta douche ? me demande-t-il en se levant.

— Bien sûr. Les serviettes sont dans le placard !

Je rallume mon portable rouge. Trois appels manqués d'Arthur et d'autres notamment de quelques habitués. Il faut que je réponde au prochain appel, autrement je vais perdre de l'argent.

— Tu as envie de quelque chose pour manger ce soir ?

Il pose ses mains sur mes hanches et m'embrasse.

— Je t'avoue que je n'ai envie que d'une chose.

Il me soulève et me pose sur le plan de travail. Même assise en hauteur comme ça il est aussi grand que moi. Il m'embrasse tendrement. Lorsque mon téléphone rouge sonne, je vois que c'est Georges qui appelle et que je dois absolument répondre. J'ai déjà raté au moins six appels ce soir.

— Je dois répondre Jim. C'est pour le travail.

— Je vais me doucher...

Pendant qu'il file à la douche, je vais m'enfermer dans mon bureau qui est la pièce la plus éloignée des pièces de vie et m'installe sous la couette pour atténuer le son de ma voix. Ma communication avec Georges dure un peu plus de trente minutes. Lorsque je retourne à la cuisine, Jim m'attend, douché et prêt à partir.

— Tu vas quelque part ?

— Je dois filer, ils ont besoin de moi à la salle. Apparemment, Jonas a eu un souci, Little Lil vient de m'appeler.

— Little Lil ?

— Lily. On l'appelle comme ça depuis toujours. Tu m'accompagnes ?

— Merci, non. J'ai du boulot à rattraper !

— Je file alors. Merci pour cette excellente journée en ta compagnie ma belle.

Il m'embrasse en me collant au mur.

— Il faut que je parte ou je vais te prendre là contre le mur et Lily va hurler si je suis en retard !

J'éclate de rire. Au moins, il est nature et j'adore ça.

Mon téléphone rouge sonne à nouveau.

— Je te laisse bosser. À très bientôt.

Lorsque Jim a passé la porte, j'attrape mon téléphone et réponds. C'est encore un habitué qui aime le sexe et le latex ainsi que les fouets. Ça m'amuse. Il pense vraiment qu'un jour, je vais me laisser attacher à mon lit pour ne rien contrôler ? Après avoir simulé ma jouissance, je raccroche. Je suis crevée, je grignote un peu avant de me poser sur le canapé devant un film. La sonnerie de mon téléphone me réveille. Je ne sais même pas quelle heure il est, je réponds automatiquement.

— Mmm…

— Lina ?

— Oh !

Je me redresse sur mon canapé. Arthur. Je reprends ma voix sexy.

— Bonsoir, Arthur, que puis-je faire pour vous ce soir ?

— Alors je dirais plutôt bonjour étant donné l'heure matinale…

Je regarde l'heure, il est 5 h du matin !

— Alors bonjour Arthur que puis-je faire pour vous en cette heure si matinale ?

— Je vous réveille ?

— D'après vous ? Que pouvais-je faire d'autre à 5 h du matin ?

— Je ne sais pas… Faire l'amour, baiser, embrasser… Je peux vous demander un service Lina ?

— Tout ce que vous voudrez.

— Est-ce qu'on peut se tutoyer ? J'ai du mal avec le « vous » en général.

— Je vais essayer. Tu as passé une bonne journée Arthur ?

J'ai l'impression de parler à un pote.

— Assez compliqué. Et toi ?

— Pas mal ce matin et super agréable ensuite.

— C'est pour ça que tu ne répondais pas au téléphone ? Pour la partie super agréable ?

— On va dire qu'elle m'a occupée une bonne partie de l'après-midi et de la soirée oui. Et toi Arthur, tu peux m'en dire plus sur ta journée ?

Il rit. C'est le même que ce matin. J'en mettrais ma main à couper. Combien d'hommes peuvent avoir le même rire ?

— Ma journée a très bien commencé avec une amie, ensuite j'ai rencontré une personne assez déstabilisante…

— Comment ça ?

— Je ne sais pas comment te dire. Tu sais lorsque tu as une opinion sur une personne et que tu te rends compte que finalement, tu t'es peut-être trompé. Eh bien c'est ça avec elle.

— Oh, une femme donc…

— Oui.

— Est-ce qu'elle t'attire ?

— Elle est physiquement mon style, mais pour le reste, ça risque d'être compliqué.

— Il ne faut pas se fier aux apparences, tu sais. Et je sais de quoi je parle…

— Non, c'est juste qu'elle s'habille comme une nana de 50 piges ! BCBG. Ce qui n'est pas du tout mon style. Donc elle m'a tapé sur le système ce matin, ensuite une bonne amie m'a fait regarder les choses en face et après, j'ai passé la soirée à boire des bières dans un bar avec une nana que j'ai ramenée chez moi.

— Est-ce qu'elle est toujours chez toi ?

— Bien sûr que non ! Les femmes ne restent jamais.

— Elles ne veulent pas ?

— Non, c'est moi. Je ne veux que personne n'entre dans mon intimité.

— Pourtant faire l'amour le matin est très agréable, tu sais…

— Tu préfères le matin Lina ?

— En effet, j'aime beaucoup. Et toi ?

— J'apprécie énormément le matin aussi. Nos corps qui s'éveillent ensemble…

— Des caresses… Des frissons…

— Ma main qui caresse ton dos Lina, qui descend jusqu'à tes fesses, qui remonte sur ta hanche, qui effleure ton ventre, tes seins qui se tendent vers moi. Ma bouche dans ton cou, mes mains sur tes hanches…

— J'aime définitivement le matin ! Et j'éclate de rire.

— Imagine ma langue sur tes seins, mon piercing qui fait le tour de tes tétons, ma main qui descend sur ton sexe humide… Ma langue percée qui la rejoint… J'aimerais te faire hurler de plaisir Lina… De bon matin…

— J'aimerais beaucoup aussi Arthur… Tu es tellement doué avec les mots.

— Imagine ce que je peux faire avec le reste ! Il éclate de rire.

Il est tellement naturel de discuter avec lui, c'en est déstabilisant.

— Mais si tu aimes tant le matin Arthur, pourquoi ne jamais en profiter avec une femme ?

— Comment ça ?

— Tu viens de me dire que personne n'entrait dans ton intimité…

— Ho ! Mais ça ne m'empêche pas d'entrer dans l'intimité de l'autre…

— Ah. Je crois que j'ai compris. Donc, tu préfères rester chez les femmes que tu rencontres.

— J'avoue que cela me permet de partir sans laisser d'adresse…

— Alors tu es un sauvage…

— Je ne suis pas l'homme le plus sociable du monde en effet…

— C'est pour cette raison que tu m'as appelée la première fois ?

— On peut dire ça.

Je regarde mon radio-réveil. Il est déjà 6 h 30 ! Merde ! Je vais être à la bourre. J'ai une réunion à la maison d'édition à 8 h. Je me relève avec le téléphone en main, m'entrave dans le drap et m'étale par terre dans un grand bruit et je hurle :

— Mais non quoi !

— Lina ? Ça va ?

J'éclate de rire.

— Disons que je suis bien réveillée maintenant…

— Vraiment ? Tu es tombée du lit ?

— Mais… Je… Non !

J'entends son rire au bout du fil.

— Je dois y aller, Arthur. À bientôt.

— À bientôt Lina. Bonne journée.

CHAPITRE 7

Jonas

Cela fait deux heures que je poireaute à la terrasse de ce café à attendre Lily. Elle a une réunion de boulot et moi, je suis là comme un con. J'ai essayé de l'appeler, mais je tombe directement sur sa messagerie. Je décide d'appeler Lina. Messagerie aussi. Mais qu'est-ce qu'il me prend de l'appeler ? Il faut que j'arrête avec cette femme, elle n'existe qu'au bout du fil. Si ça se trouve, c'est un vieux machin de 70 balais qui est déjà grand-mère et qui arrondit ses fins de mois en répondant à des appels cochons. Pourtant, je me rends compte que je me suis attaché à cette voix. Un message de Lily me fait revenir à la réalité.

{*Suis -là dans 3 minutes. Commande deux bières. On a soif!!*}

Comment ça on ? Avec qui elle vient ? Je commande les bières et ne suis pas étonné de voir Lily marcher vers le bar avec Louise, la pimbêche. Je l'observe alors qu'elle s'avance vers moi en tenant le bras de Lily. Elle a un certain charme et des formes comme j'aime. Son jean moulant noir qui fait ressortir ses fesses rebondies, ses talons qui lui font de belles jambes, son petit haut ajusté près du corps qui dévoile ses formes. Je n'avais pas remarqué qu'elle avait de si beaux seins. J'arrive à deviner sans mal leur forme et l'effet qu'ils auraient entre mes mains… Je remonte vers son visage pour tomber dans deux yeux couleur ambre qui me fixent sans retenue. Mais elle les baisse rapidement. Si elle n'était pas coiffée comme la première de la classe, et si elle ne me regardait pas avec son air de pimbêche, je suis sûre qu'elle pourrait être à tomber.

Lily me saute pratiquement dessus et m'embrasse sur la joue. La pimbêche se penche vers moi pour me faire la bise et je ne peux m'empêcher de plonger mon regard dans son décolleté. Je vois la naissance de ses seins et une partie de ses dessous. Rouges. Lorsqu'elle se relève, je sens encore l'effluve de son parfum. Elles s'assoient de chaque côté de moi. Lily entame la conversation en hurlant presque :

— Putain ! Je croyais qu'on n'allait jamais sortir de cette réunion !

— C'est clair ! C'était beaucoup plus long que prévu ! lui répond la pimbêche en hurlant aussi.

Lily se retourne vers moi :

— Ça fait longtemps que tu nous attends ?

— Plus de deux heures que je T'attends.

J'insiste bien sur le fait que je l'attendais elle et pas la pimbêche.

Je me retourne vers elle et elle a les yeux fixés sur moi. On dirait qu'elle a vu un fantôme. Je l'ai choquée dans mes propos ? Si elle croit que je vais prendre les pincettes avec elle parce qu'elle s'entend bien avec Lily…

— Oh ! Ne t'inquiète pas pour Louise ! Elle attend juste Jim.

Et elle me fait un clin d'œil. Je me retourne vers elle :

— Tu m'expliques ?

Elle devient toute rouge et baisse les yeux. Lily éclate de rire.

— Disons qu'ils se sont plutôt pas mal rapprochés hier soir !

Elle donne un coup de coude à Louise.

— Hein Louise !

Je rêve, il l'a baisée ! Et après, c'est moi qui ne respecte pas les femmes ! Jim arrive avec un immense sourire sur les lèvres, il fait la bise à Lily, me tape dans la main et se retrouve comme un con face à la pimbêche. Elle le fixe droit dans les yeux, elle reste face à lui sans bouger. On dirait qu'elle lui laisse le choix de la suite de leur relation… C'est plutôt intelligent pour une pimbêche. Il se penche vers elle et lui fait la bise sur la joue. OK. Il n'assume pas mais elle n'a pas l'air offensée de son geste. Elle lui sourit, c'est tout. Jim s'assoit quand même à côté d'elle et me regarde.

— Ça va mieux toi ?

Je lève un sourcil vers lui.

— Nickel.

— Laisse tomber Jim ! lui dit Lily. Ça se remet vite à cet âge-là ! Une bonne baise et ça repart !

— Lily !

Et elle hurle en même temps que moi :

— Ton langage !

Et on se met à rire tous les deux. Jim nous sourit, je vois que la pimbêche nous fixe. Moi plus particulièrement. Elle a un problème ?

— Bon, on bouge ? demande Lily.

Jim se retourne vers la pimbêche.

— Tu veux que l'on continue ce soir ?

Elle relève les yeux vers lui.

— Non Jim, j'ai pas mal de boulot à rattraper ce soir. Une autre fois, si tu veux. Je vais essayer d'en trouver d'autres toute seule et je te dirai où j'en suis.

Je relève les yeux vers elle. Sa voix. Je me rends compte que je ne l'avais jamais entendue parler normalement et posément. À chaque fois, elle était presque hystérique comme tout à l'heure, où alors je ne faisais pas attention à ce qu'elle racontait. Mais non, c'est impossible, ça ne peut pas être elle. Ça ne colle pas du tout au personnage de Lina. Je ferme les yeux et me prends la tête entre les mains.

— De quoi tu parles ? lui demande Lily.

— Oh ! Louise a perdu son iPod et je l'ai aidée à retrouver quelques chansons qui étaient dessus. Mais elle ne se rappelle pas de toutes ni de tous les titres, juste des mélodies pour certaines. Du coup, je l'aide à refaire une playlist...

Lily se retourne vers elle.

— Sérieux Louise ? Tu ne sais plus ce que tu as mis comme chanson sur ton iPod ? Tu as Alzheimer ou quoi ?

Je vois qu'elle baisse les yeux et souffle.

— Ce n'est pas le mien. Il appartenait à une personne qui m'était très chère...

Elle lui dit en souriant timidement.

— Pourquoi tu ne lui demandes pas une copie alors ?

Elle ferme les yeux avant de répondre à Lily.

— Parce que c'est impossible, dit-elle en se levant. Je dois y aller ! À plus !

Je la fixe et remarque ses yeux brillants. Lily se retourne vers Jim.

— Tu es au courant de quelque chose toi ?

— Non. Elle m'a juste dit la même chose hier soir. Elle y tient énormément à cet iPod. Il devait appartenir à son mec, je ne sais pas. Je n'ai pas tout compris en fait. Juste que cette personne avait bon goût ! Il n'y avait pratiquement que du rock dessus...

Je ferme les yeux et me rends compte que j'ai peut-être fait une connerie en gardant cet iPod. Mais non ! Je ne vais pas devenir sentimental maintenant ! Je me retourne vers Jim.

— Alors ? Tu l'as baisée ?

— Jonas !

— Quoi ? Tu me dis que je ne respecte pas les femmes et tu la baises dès le premier soir ?

— Ce n'est pas ce que tu crois ! Ça s'est fait tout naturellement ! J'avais envie, elle avait envie et puis voilà !

— Et maintenant ? lui dis-je en levant un sourcil.

— Je ne sais pas ! Fais pas chier Jonas ! Et puis en quoi ça te concerne ?

— Je ne l'aime pas, c'est tout !

— Hé ! répond Lily. Tu as tort ! Elle est plutôt cool quand on la connaît.

— C'est clair que c'est une nana géniale ! Et je peux te dire que je me suis éclaté avec elle ! Dans tous les sens du terme si tu vois ce que je veux dire…

— Vraiment ? Lui demande Lily. Elle est plutôt ouverte ? Tu crois que je pourrais…

— Non, mais vous allez arrêter oui ! Regardez-vous ! On dirait que vous vous disputez un morceau de viande !

— Et alors ? me dit Lily. C'est plutôt un beau morceau non ?

Elle me fait un clin d'œil.

Je lève les yeux au ciel en me levant. Ils me fatiguent avec leur discussion sur la pimbêche. C'est peut-être un beau morceau, mais je ne vais pas le reconnaître devant eux.

— On bouge ? On a du boulot non ?

CHAPITRE 8

Louise

J'avance parmi la foule sans réfléchir, mes larmes coulent sur mes joues depuis que j'ai quitté cette table, je ne vois pas les regards des gens qui me fixent se demandant sûrement pourquoi cette pauvre fille est en pleurs dans la rue. Je n'arrive pas à arrêter ces traîtresses. Lorsque je passe la porte de mon appartement, je me dirige vers la clé USB que j'ai faite avec Jim et mets la musique à fond avant de m'effondrer sur le canapé.

La sonnerie de mon téléphone rouge me réveille. Je regarde la personne qui m'appelle. C'est un habitué, je dois me reprendre et répondre. Après plus de trente minutes passées au bout du fil, je raccroche exténuée, mais ce coup de fil m'a réconfortée. Gérard, est un homme en manque de tendresse, il doit vivre avec une femme autoritaire et a besoin de temps en temps de réconfort. Mon estomac crie famine. Je me lève de mon canapé et me rends compte qu'il fait déjà nuit dehors. Après avoir mangé les restes de pizzas que j'avais, j'attrape un manuscrit et commence à travailler malgré l'heure tardive.

Mon esprit divague, je repense à cet après-midi. À Jonas. Lorsqu'il a parlé à Lily, j'ai eu l'impression que sa voix était celle d'Arthur. Mais c'est impossible. Comment un être aussi abject pourrait-il être Arthur ? Rien à voir entre les deux. Les tatouages peut-être, et puis Jonas a un piercing sur l'arcade sourcilière… Non ! C'est impossible.

Et puis tellement de personnes ont des tatouages et des piercings de nos jours…

Je chasse cette idée absurde de mon esprit et reprends ma lecture. La sonnerie de mon téléphone rouge me fait lever la tête de mon manuscrit. Deux heures du matin. Je réponds automatiquement :

— Lina bonsoir, que puis-je faire pour vous satisfaire ?

— Bonjour, Lina, tu ne dors jamais ?

Un sourire étire mes lèvres…

— Vous non plus apparemment… Que puis-je pour vous, Arthur ?

— Dans un premier temps, me tutoyer Lina.

— Oui ! C'est vrai. Que puis-je pour toi, Arthur ?

— Je me posais quelques questions à ton sujet. Est-ce que tu pourrais y répondre ?

— Cela va dépendre Arthur. Si ce sont des questions générales pourquoi pas.

— Je me demandais quel âge tu avais.

Je me mets à rire.

— Pourquoi cette question Arthur ?

— Disons que ça m'ennuierait de parler de sexe avec une femme qui aurait l'âge d'être ma mère !

— En effet ! Cela peut être assez castrateur ! Alors, disons que j'ai entre 23 et 33 ans.

— C'est plutôt vaste comme réponse !

— Mais au moins, tu sais que je n'ai pas l'âge de ta mère… À moins que ? … Rassure-moi… Je n'ai pas l'âge de ta mère n'est-ce pas ?

J'entends son rire au bout du fil. Juste parfait.

— Attends Lina ! Tu insinues que je suis tout juste majeur ?

— À vrai dire… Je ne sais pas !

— Alors si ça peut te rassurer, j'ai entre 25 et 35 ans…

— Tu pourrais être plus précis ?

— À condition que tu le sois aussi…

— Très bien Arthur, j'ai entre 23 et 28 ans.

— Entre 25 et 30 ans pour moi Lina.

Je soupire longuement. Enfin un homme de mon âge qui m'appelle. La question est de savoir pourquoi un homme de mon âge me téléphone régulièrement alors qu'il n'a qu'à sortir de chez lui pour trouver quelqu'un…

— Arthur, est-ce que je peux à mon tour te poser une question ?

— Bien sûr, je t'écoute.

— Je me demandais pourquoi un homme entre 25 et 30 ans avait besoin de m'appeler régulièrement. Je veux dire en général lorsqu'on a nos âges, on sort et rencontre pas mal de monde…

— Je vois. Alors pour ne pas entrer dans les détails Lina, car je n'en ai aucune envie, disons que je vis une période plutôt compliquée et que les relations humaines ne m'attirent plus autant qu'avant… À moi maintenant…

— Je t'écoute Arthur…

— Comment une jeune femme entre 23 et 28 ans se retrouve-t-elle à répondre au téléphone pour assouvir les fantasmes de vieux pervers ?

J'éclate de rire au téléphone. S'il savait !

— On va dire que cette jeune femme a eu besoin, il y a quelques mois, d'argent supplémentaire et que c'était la solution facile pour ne pas sortir de chez soi tout en continuant de faire son travail de tous les jours…

— Donc, j'en déduis que tu travailles de chez toi ?

— On ne peut rien te cacher Arthur. Maintenant que tu en sais plus sur mon travail, puis-je en savoir plus sur le tien ?

Il hésite un moment. Un peu trop à mon goût…

— Arthur ?

— En fait, je cherche quoi te dire pour que tu ne devines pas tout de suite…

— Oh… C'est si compliqué ?

— Pour que tu ne devines pas tout de suite… Oui ! Alors je vais rester vaste. Disons que je travaille dans l'industrie musicale…

— En effet, c'est plutôt vaste !

— Alors nous sommes quittes ! Dis-moi Lina, nous rencontrerons nous un jour ?

S'il savait comme j'en ai envie ! Mais je me suis toujours promis de ne jamais rencontrer les hommes qui m'appellent.

— Je ne pense pas Arthur. J'ai pour principe de ne jamais rencontrer les hommes qui m'appellent.

— Jamais d'exception ?

— Non, Arthur. J'ai toujours peur d'être déçue.

— Et si je te disais que tu ne le serais pas ?

— …*Je ne sais pas quoi lui répondre.*

— Dis-moi quel est ton type d'homme Lina, et je te dirais si tu serais déçu de notre rencontre.

— Ce n'est pas si simple tout ça. Et puis tu pourrais me mentir sur ton physique !

— Tu sais déjà que je suis brun, grand, que j'ai au moins un tatouage en forme de boussole et un piercing sur la langue…

— En effet… Alors mon type d'homme est plus grand que moi, plus brun ou châtain foncé que blond (mon esprit divague vers le visage de Jonas, lui, c'est mon type d'homme) ; plus jean baskets que costard cravate, plus une voix grave et rauque que perchée et aiguë… Je ne sais pas quoi te dire de plus. Après quelqu'un peut être tout à fait mon style et être un vrai connard ! Je pense encore à Jonas…

— Il est vrai que certaines personnes peuvent nous attirer physiquement pour que l'on se rende compte ensuite que ça ne pourra jamais coller entre nous !

— Ça sent le vécu tout ça !

— Si tu savais Lina…

— Raconte-moi… J'ai tout le reste de la nuit…

— Tu sais que si tu voulais me rencontrer nous pourrions faire tout autre chose pendant le reste de la nuit !

— Arthur, raconte-moi…

— Très bien, mais tu en feras de même….

— Promis.

— Alors, j'ai rencontré une femme qui au premier abord n'est pas du tout mon style. Elle est genre BCBG, coincée du cul qui te prend de haut, tu vois ?

— J'imagine bien oui…

— Je pense que c'est réciproque, elle ne peut pas me blairer non plus. Mais le souci, tu vois, c'est que je me rends compte que physiquement elle m'attire, enfin lorsqu'elle est habillée normalement et pas BCBG. Mais je n'arrive pas à discuter avec elle, j'ai l'impression qu'elle me toise…

— Et tu n'aimes pas les femmes qui te prennent de haut je me trompe ?

— C'est ça ! Les femmes qui se croient plus fortes que les autres, car elles pensent qu'elles ont fait plus d'études que toi, je ne peux pas ! Mais aujourd'hui, j'ai cru déceler une faille chez elle, et… Je… Je ne sais pas…

Je reste en silence à l'écouter. Je comprends complètement ce qu'il ressent. Je ressens la même chose pour Jonas. Il m'attire physiquement, mais son attitude fait qu'il me repousse…

— Lina ? .... Tu es toujours là ?

— Je… Oui ! Je t'écoute… Mais tu es trop fier pour faire un pas vers elle c'est ça ?

— On peut dire ça. Je ne veux pas me rabaisser pour une pimbêche…

J'éclate de rire.

— Une pimbêche ! Rien que ça ! Tes amis la connaissent ?

— Ouais…

— Qu'en pensent-ils ?

— Je vais être cru, mais l'un d'entre eux l'a déjà baisée et l'autre va essayer dans peu de temps…

— Donc, elle est plutôt attirante non ? Si deux de tes amis la trouvent attirante.

— On peut dire ça. Mais à toi maintenant.

— Oh ! Pour moi, ça va être très simple. Un homme m'attire énormément physiquement, mais dans la réalité, c'est un vrai connard avec moi !

— Tu as très bien résumé la situation !

Il se marre. Je regarde mon portable : 5 heures du mat.

— Arthur, je vais devoir te laisser…

— Très bien Lina. Je te souhaite une bonne fin de nuit.

— À toi aussi Arthur. Bon courage avec ta pimbêche !

— Et toi avec ton connard !

Je raccroche avec un sourire aux lèvres. Finalement, les discussions avec Arthur ont le don de me faire retrouver ma bonne humeur. Je reprends mon manuscrit pour en terminer la correction, car je n'ai plus envie de dormir.

CHAPITRE 9

Jonas

Je suis rassuré lorsque je raccroche. Cette femme n'a pas l'âge de ma mère et c'est beaucoup pour ma santé mentale. Maintenant, il va falloir que je la motive pour me donner un autre numéro ou que ce soit elle qui m'appelle, autrement je vais exploser mon forfait ! Je suis zen et n'ai plus envie de dormir malgré le fait que je n'ai pas encore fermé l'œil de la nuit. Je prends ma guitare qui traîne dans un coin et commence à gratter quelques accords. J'attrape une feuille, un crayon et tout s'enchaîne. La sonnerie de mon téléphone me fait sortir de ma bulle. Je regarde l'heure, ça fait plus de trois heures que je gratte et écris des accords. Je pose ma guitare pour répondre à Lily.

— Hey !

— Salut beau gosse ! Je te réveille ?

— Non, pas vraiment. Tu m'appelles pour quoi ?

— En fait, on voulait aller manger ce soir après le concert et on voulait savoir si tu étais partant pour réserver le restau !

Je me gratte la tête. Depuis quand est-ce qu'elle me demande mon avis ?

— C'est quoi le problème au juste ?

— Jonas… c'est juste qu'on a envie de sortir et qu'on aimerait que tu viennes avec nous c'est tout !

— OK, et tu veux me traîner où et avec qui ?

— Ben le groupe et peut-être une ou deux personnes en plus…

— Écoute, fais comme tu le sens, je vous suis…

— Trrrooop coooollll !

— Arrête de me hurler dans les oreilles, merde !

— Ça marche, à ce soir, mon Jonas !

Je ne le sens pas. Encore un plan foireux à la Lily, mais ce n'est pas comme si je n'étais pas habitué à ses conneries. Je file sous la douche après avoir mangé un peu et reprends ma guitare. Est-ce Lina qui m'a donné l'inspiration ? Je ne sais pas. Mes doigts forment des accords qui s'enchaînent, des paroles me viennent à l'esprit. Après plusieurs heures, je pars à la salle pour une dernière répétition avant le concert de ce soir et la fameuse soirée merdique !

Après plusieurs heures à répéter, nous décidons d'aller manger un morceau à notre brasserie habituelle. En entrant, Lily et Jim se dirigent directement vers une grande tablée où sont déjà installées quelques personnes de notre connaissance qui nous suivent en général lorsqu'on joue. Je fais le tour de la table pour dire bonjour à tout le monde et quelle n'est pas ma surprise de la voir plantée là, à faire la bise à Jim avec un grand sourire. Je savais bien que cette soirée allait être merdique. Lorsque j'arrive à sa hauteur, je suis bien obligé de lui faire la bise. Elle me regarde dans les yeux lorsque je me penche vers elle et me susurre :

— Bonsoir Jonas.

Je me redresse et la fixe. Ce n'est pas possible. Non, non, ça ne peut pas être elle. Je dois me reprendre :

— Louise.

Je vois qu'elle se fige, mais se reprend très vite. Je vais pour continuer mon tour de table, mais je me rends vite compte que je suis au bout et dois m'asseoir à côté d'elle avec Lily et Jim face à nous. C'est bien ma veine tiens ! Heureusement que de l'autre côté des gars du groupe s'installent avec les habitués qui viennent voir jouer Lily à chaque concert. Lily et Jim entament la conversation avec la pimbêche. J'essaie de ne pas m'en mêler et continue ma discussion avec mes voisins de table sur les derniers concerts que nous avons vus. Les serveurs arrivent et nous donnent les cartes. Forcément, nous en avons une pour deux. Je lui laisse la carte, elle me regarde du coin de l'œil et la met entre nous deux. Nous nous penchons tous les deux dessus. Je reconnais son parfum immédiatement. J'aime cette odeur de jasmin qui me ramène plusieurs années en arrière. Il me rappelle mon enfance, mes jours heureux… Mais bien lointains maintenant.

— C'est bon pour toi ?

Je sursaute en entendant sa voix. Ce n'est pas possible ça ne peut pas être la même personne. J'ai trop pensé à sa voix tout à l'heure en jouant de la guitare.

— Ouais…

Je lui prends la carte des mains et la tends au serveur. Je la regarde en biais pour qu'elle ne me voie pas. Elle a un chemisier blanc décolleté qui dévoile la naissance de ses seins. Je peux voir par transparence un bustier noir en dessous. Lorsqu'elle se penche pour ramasser sa serviette par terre, je ne peux qu'admirer son cul moulé dans un jean brut. Mais pourquoi faut-il qu'elle soit aussi coincée du cul ? Une idée me vient tout à coup. J'attrape la bouteille de vin et lui sers un verre. On va voir ce que donne une pimbêche alcoolisée, elle va peut-être se décoincer ? Lily et Jim continuent leur discussion avec elle. Je tends l'oreille lorsqu'ils se mettent à parler de l'iPod qu'elle a perdu.

— Alors ? lui demande Jim, tu as avancé hier soir ?

— Non ! J'avais énormément de boulot à rattraper hier soir. J'ai lu plusieurs manuscrits pour m'avancer dans mon travail. Mais j'avais mis en musique de fond celles que nous avions déjà trouvées !

— Super ! Et tu as repensé à certaines ?

— En fait oui, mais je ne connais que la mélodie ou quelques paroles…

Lily se tourne vers moi.

— Tu vas pouvoir nous aider non ?

Je la regarde en levant un sourcil.

— À quoi ?

— Si Louise te chante un air, tu pourras reconnaître la chanson ou le groupe ?

Je me retourne vers Louise avec un petit sourire de défi.

— Si elle sait chanter…

Elle lève les yeux au ciel…

— C'est que je ne sais pas si c'est le bon endroit en fait pour chanter…

Jim se retourne vers elle :

— Tu rigoles ! Il n'y a pas meilleur endroit qu'ici ! Tu as deux chanteurs à côté de toi et tout le reste, ce sont des musiciens ou des connaisseurs ! Je te le répète ! Il n'y a pas meilleur endroit…

Je ne peux pas m'empêcher de la ramener.

— Encore faut-il qu'elle sache chanter…

Elle me regarde droit dans les yeux avec un air de défi.

— Ou que le deuxième chanteur ait du talent !

Putain, je rêve ! Elle vient de m'insulter là ! Je vois Lily qui me regarde en rigolant. La pimbêche prend son verre de vin, le vide d'une traite et me le tend pour que je le remplisse à nouveau. Elle en boit quelques gorgées avant de le reposer devant elle.

— OK. Alors il y a une mélodie qui me trotte dans la tête depuis quelques jours…

— On t'écoute, lui dit Lily.

Elle commence à fredonner doucement et je reconnais l'air immédiatement, mais je veux l'embêter un peu.

— Si tu veux qu'on t'aide, il faut peut-être qu'on entende...

Elle recommence un peu plus fort. Je branche mon portable sur haut-parleur et lui mets *Massive Attack Teardrop*. Elle se retourne vers moi.

— Oui ! C'est ça !

— Apparemment, il y en a qui ont du talent... lui dis-je avec un sourire forcé.

— Tu vois, lui dit Jim, facile pour nous ! Tu en as une autre ?

Elle cherche. Elle se remet à chanter une mélodie. Dès qu'elle commence, Lily lève les yeux vers moi. Bien sûr que nous connaissons cette chanson, mais elle sait aussi à quel point je ne pourrais pas la chanter avec elle ce soir. Trop dure de chanter cet air sans repenser à lui. Je tourne la tête de droite à gauche, Lily attrape ma main et la serre. Elle se met à chanter avec Louise qui se met à chanter plus fort aussi. J'ai un choc ! Elles chantent *Way down we go* de *Kaleo*. Cette voix ! C'est impossible. Je me retourne vers elle, elle s'arrête en voyant que je la fixe et baisse les yeux.

Le serveur arrive avec nos desserts. Je bois mon verre d'une traite et me ressers ainsi que la pimbêche. Plus la soirée avance et plus je me dis que c'est impossible. Ça ne peut pas être elle. Mais cette voix, c'est la même que celle qui m'a chanté du *Rag n'Bone* l'autre soir. Nous terminons notre repas par un café et plusieurs digestifs. Après tout, pourquoi ne pas bien finir la soirée ? Lorsque nous nous levons, je vois que la pimbêche pose une main sur la table pour se stabiliser. Je souris en voyant qu'elle se contient pour ne pas nous montrer qu'elle a trop bu. Je ne peux m'empêcher de fixer son visage. Ses yeux sont brillants, ses joues sont rouges, ses lèvres sont humides. Elle se dirige vers la sortie en se tenant à une table ou à une chaise. Lorsque nous sortons pour aller jusqu'à la salle de concert, Jim s'empresse de passer son bras autour de sa taille pour la stabiliser. Elle éclate de rire à son contact. Lily n'en perd pas une miette et tire la langue à Jim qui lui tire la langue aussi. Un point pour Jim !

Pendant le concert, je suis au fond de la salle et observe Lily et Jim sur scène. Lily est magnifique, flamboyante, elle attire tous les regards. Qu'est-ce que je ne donnerais pas pour être à leur place. Je vois la pimbêche sur le côté de la salle avec une bière à la main qui écoute le concert. J'ai envie de l'embêter un peu. Je m'avance vers elle et me plante entre elle et le mur. Lorsqu'elle recule un peu et se cogne à mon torse, elle sursaute en se retournant et me fait un sourire tendu. Ses yeux sont toujours aussi brillants et ses joues aussi rouges. Je lui fais un signe de tête et lui prends sa bière avant de boire quelques gorgées et de lui rendre. Elle a la bouche grande ouverte, outrée. Je me rapproche d'elle et lui dis :

— Ferme la bouche chérie, ça pourrait donner des envies…

Elle plisse les yeux et se rapproche de moi.

— Et quoi comme envie ?

Je la regarde droit dans les yeux.

— Je ne sais pas, l'envie de mettre ma queue dans ta bouche pour que tu la suces.

— Mais merde ! Vous ne pensez qu'à ça !

— Alors, ferme ta belle bouche chérie !

Je lui reprends la bouteille de bière pour boire à nouveau dedans. Je me rends compte qu'elle n'a pas décuvé lorsqu'elle lève les yeux au ciel et me tourne le dos. Elle a vraiment un beau cul. Mon torse est contre son dos et je passe mes bras autour des siens. Elle se fige, nous restons ainsi un moment. Moi à humer son parfum, elle qui se détend peu à peu. Son corps commence à bouger contre le mien au rythme de la musique, je ne peux m'empêcher de bouger avec elle. Elle reprend sa bouteille, mes mains se posent naturellement sur son ventre. Alors qu'elle continue de bouger, je commence à me sentir à l'étroit dans mon jean. Je n'ai qu'une envie, c'est de la prendre là.

Je repense à la première fois où j'ai appelé Lina et à mon fantasme qu'elle a assouvi. Celui ou une femme me baisait. Je ne sais pas pourquoi je repense à ça. Le fait qu'on soit à un concert peut-être ? Ou le fait que j'ai un peu trop bu.... Est-ce que cette femme devant moi serait capable de me baiser ? Je pose mon menton sur son épaule, mes bras qui l'enlacent toujours, je ne peux m'empêcher de humer son parfum, je n'ai qu'à tourner un peu le visage pour que ma bouche effleure sa peau. Je retiens mon envie de l'embrasser, là, tout de suite, j'ai comme une impression de déjà vu, comme si cela était naturel pour nous de nous retrouver dans cette position de quasi-couple. Je regarde Lily qui saute et chante dans tous les sens. La pimbêche commence à bouger au rythme de la musique qui s'est accéléré. J'ai l'impression qu'elle a oublié que j'étais derrière elle. À la fin du dernier morceau, lorsque les lumières se rallument, elle se décolle de moi et se retourne pour me regarder. Elle a l'air surprise de me voir si proche d'elle.

— Une autre ? lui proposé-je.

Elle s'apprête à me répondre lorsqu'elle attrape son sac pour en sortir un téléphone qu'elle regarde bizarrement, puis le replonge dans son sac pour en sortir un autre. Elle regarde l'écran, me regarde, puis me répond :

— Oui ! Je te rejoins.

Et elle se dirige dehors avec le téléphone à l'oreille. Je file au bar pour aller chercher deux bières tout en observant la pimbêche toujours au bout du fil. Lorsqu'elle revient, je lui tends sa bière et lui fais signe de me suivre en coulisse pour rejoindre les autres. Après un debrief rapide, quelques boissons et autres substances ingurgitées, nous décidons de rentrer. La pimbêche a passé le reste de la soirée collée à Jim, cela ne m'étonnerait pas qu'il la baise encore une fois, même si je me rends compte que quelque chose me dérange dans cette idée. Nous passons chez moi pour un dernier verre. Il ne reste que Lily, Jim, trois potes à eux, la pimbêche et moi. Après plusieurs verres, je décide d'aller me coucher et leur laisse le soin de fermer derrière eux. Je suis réveillé quelques heures plus tard par des cris de jouissance d'une femme. Je ne cherche pas à comprendre à qui ils appartiennent et me rendors.

Ma tête va exploser, ma bouche est pâteuse, je rêve d'un café bien noir. Mais d'abord une bonne douche. Lorsque je m'avance vers la porte de la salle de bain, j'entends l'eau qui coule. Je tends l'oreille et entends quelqu'un qui chante. Je pense d'abord à Lily puis je reconnais la chanson de *Pink The Great Escape*. Lina me l'a chantée l'autre soir, et puis cette voix. Non ! C'est impossible. Qu'est-ce que ferait Lina dans ma salle de bain ? Jim serait ressorti pour tromper la pimbêche ? Ce serait pas mal, elle me foutrait la paix comme ça ! Je pose la main sur la poignée et me fige. Je fais quoi si c'est Lina ? Et puis comment savoir que c'est elle ?

Je ne l'ai jamais vue ! Mais quel con je fais ! L'eau s'arrête de couler. Et puis merde ! J'entre. Je reste dans l'embrasure de la porte, la main figée sur la poignée. Mon regard est attiré par un immense tatouage encré sur la peau de la femme qui se tient de profil devant moi. Tout se passe au ralenti. Elle presse sa serviette devant elle, mais je ne vois que ce magnifique corps. Je remonte vers son visage et suis choqué de voir deux yeux couleur ambre qui me fixent grands ouverts. Je reste immobile. La pimbêche me jette une serviette à la tronche.

— Eh ! Dégage !

Je suis tellement choqué que je sors sans rien dire. Jamais je n'aurais imaginé que Louise avait un tatouage encré sur sa peau. Je retourne m'allonger sur mon lit en revoyant son corps dénudé devant moi. Et quel corps ! Magnifique. Il faut vraiment qu'elle arrête de le cacher.

CHAPITRE 10

Louise

Je fonce sur la porte pour la fermer à clé. Il ne manquait plus que ça ! Et puis quelle idée de ne pas avoir fermé cette porte ! Il m'a vue à poil ! Mon mal de tête revient, alors qu'il s'était atténué avec la douche. Je finis de me sécher, enfile un boxer propre que j'ai trouvé dans une commode et je remets mon bustier et mon chemisier avant de rejoindre la chambre. Je ne sais pas exactement comment c'est terminé la soirée, mais je me souviens d'avoir fait l'amour plusieurs fois avec Jim. L'alcool que j'ai ingurgité toute la soirée m'a désinhibée complètement ! Lorsque je rejoins Jim dans le lit, il dort encore. Malgré tous mes efforts pour le réveiller, je n'y arrive pas.

Il n'y a aucun bruit dans la maison. Est-ce que monsieur Ronchon est reparti se coucher ? Est-ce qu'il est sorti ? Quand je pense qu'il m'a vue nue ! Je ferme les yeux et le revois dans l'embrasure de la porte qui me fixe. Enfin, qui fixe mon tatouage. Je revois son corps, et quel corps ! Des tatouages partout, il y en a tellement ! Et des piercings aussi, sur les tétons. Ses abdos si bien dessinés, il est musclé, mais sans plus, lorsqu'il s'est retourné, je n'ai pu m'empêcher d'admirer son tatouage qui prend la moitié de son dos. Un arbre, d'une autre forme que le mien, mais tout aussi beau. Il faut que j'arrête de penser à lui, j'en ai presque de la bave au coin de la bouche…

Je me retourne pour regarder Jim, j'ai encore succombé. Je suis tellement en manque de tendresse en ce moment.

J'ai même failli craquer pour monsieur Ronchon pendant le concert. J'étais bien dans ses bras, son parfum qui m'enveloppait, nous bougions au même rythme. J'ai repensé à Arthur à ce moment-là. C'était bizarre. J'avais l'impression d'avoir déjà vécu ce moment, je me voyais le prendre par la main et l'amener à l'arrière de la salle pour lui faire l'amour. Ma migraine revient, il faut que je prenne un cachet qui doit être dans mon sac et j'ai envie d'un café bien noir.

Je décide de me lever discrètement. L'appartement est plutôt grand, de style contemporain. Je me dirige vers la cuisine où je trouve mon Graal : la machine à café. Elle est cachée derrière des bouteilles et des verres vides qui sont disséminés un peu partout... Je l'allume et pars à la recherche d'une tasse et d'une cuillère. Une fois ma tasse remplie, je cherche mon sac à main qui bien sûr a disparu. Il doit sûrement être dans la chambre, mais je n'ai pas envie de réveiller Jim pour l'instant. Je m'assois devant le comptoir la tête entre les mains au-dessus de ma tasse de café fumante que je hume en attendant qu'il refroidisse. Mon esprit divague sur ce qu'il s'est passé hier soir lorsqu'une porte claque, me fait sursauter et que je renverse mon café sur mon chemisier et au sol.

— Non ! Mais Non !

Après avoir posé ma tasse dans l'évier, je nettoie le sol avec une éponge lorsque deux pieds se matérialisent devant moi. Je remonte les yeux sur des jambes tatouées et m'arrête sur la bosse du boxer. Un raclement de gorge me fait reprendre mes esprits. Je remonte mon regard vers le visage de Monsieur Ronchon qui me fixe avec un sourire mesquin :

— Ce que tu vois te plaît ?

Je sens le rouge me monter aux joues.

— Qu'est-ce que tu fous à quatre pattes dans ma cuisine ?

Toujours aussi aimable… Je lui montre l'éponge en me relevant et en me dirigeant vers l'évier.

— J'ai renversé ma tasse par terre…

Je me retourne et vois qu'il fixe mon chemisier et mon short de fortune.

— Pas que par terre à ce que je vois… pas assez dormi ? me dit-il en levant un sourcil.

Je ne sais pas quoi lui répondre.

— Joli boxer. Un café ?

— Heu. Oui, je veux bien.

Je le regarde qui me tourne le dos. Ses cheveux sont encore mouillés de la douche qu'il vient de prendre. Il porte un vieux tee-shirt, un boxer et est pied nu. Mes yeux fixent ses fesses. Un raclement de gorge me sort de mes pensées.

— Tu peux arrêter de me mater ?

Je sursaute. Encore prise sur le fait. Le rouge me monte aux joues à nouveau. Il me tend mon café que je pose sur la table devant moi. Il pose le sien face à moi et part en direction des chambres. Il revient quelques minutes plus tard avec un tee-shirt qu'il me tend.

— Tu seras plus au sec.

— Oh merci, mais ça va aller.

— Tu vas rentrer chez toi avec une tache de café sur toi ? Avec l'odeur en plus ? Comme tu veux…

Je lui tends la main.

— OK, c'est bon !

Je prends le tee-shirt et me dirige vers la salle de bain pour me rincer et l'enfiler. C'est celui d'un groupe que je ne connais pas, mais il fera l'affaire. Lorsque je le passe, j'ai l'impression d'avoir Jonas contre moi. Il porte son odeur. Je repense à son corps contre le mien hier soir au concert. Je le rejoins dans la cuisine et m'attable pour boire enfin mon café.

— Merci pour le tee-shirt. Je te le ramènerai après l'avoir nettoyé.

— Tu n'auras qu'à le donner à Jim, j'ai cru entendre que vous étiez plutôt proche cette nuit, il me fait un clin d'œil.

Je sens encore le rouge me monter aux joues. Merde ! On a été si bruyants ? Je sais que l'alcool m'a désinhibée, mais je ne pensais pas autant.

— Oh, comme tu veux.

Je me masse la tête, ferme les yeux en humant mon café et en oubliant Jonas attablé face à moi. Une boîte de cachets cogne contre ma tasse. Je relève les yeux vers lui qui en prend un aussi. Je lui souris en prenant le mien.

— Tu chantais quoi sous la douche ?

Je suis surprise par sa question soudaine. Est-ce qu'il m'a entendue ? Je chantais si fort que ça ?

— Une chanson de Pink.

— The Great Escape ?

— Oui. Tu connais ?

— Une amie aime bien la chanter oui, mais ce n'est pas vraiment ma came.

— Et c'est quoi ta came ?

— Le rock sous toutes ses formes.

Mes yeux se posent sur une guitare à l'angle du canapé.

— Tu joues aussi ?

Il se retourne vers la guitare.

— Plus depuis un moment.

— Pourquoi ?

Deux yeux couleur gris foncés me transpercent.

— Pour une raison qui ne te regarde pas.

— Pas de soucis, je dis en me levant pour poser ma tasse dans l'évier. Je dois partir.

Je rajoute doucement pour moi : Ronchon ET Connard !

Deux bras passent de chaque côté de moi, ses mains se posent sur le comptoir. Je sursaute et me retrouve coincée entre le comptoir et lui. Je sens son corps chaud contre le mien. Il me susurre à l'oreille :

— Il me semble que tu as apprécié hier soir, pendant le concert de te retrouver contre Monsieur Ronchon le connard…

J'essaie de bouger, mais je ne peux pas. Il rapproche un peu plus son corps du mien, sa main passe sur mon cou et me relève la tête.

— Je suis sûr que si le concert avait continué tu te serais laissé aller avec moi…

Je n'arrive pas à répondre, car je sais qu'il a raison. Il m'attire, mais lorsqu'il agit ainsi avec moi, j'ai envie de lui en coller une. Ses deux bras m'agrippent les épaules et me retournent. Jonas me soulève pour me poser sur le comptoir. J'ai l'impression d'être une poupée entre ses bras. Il se rapproche de moi en m'écartant les jambes brusquement. Il est si grand que sa tête se trouve face à la mienne. Ses yeux me transpercent, je ne peux pas bouger. Son visage se rapproche lentement de moi, je sens une boule dans mon ventre, j'ai envie qu'il m'embrasse. Je fixe ses lèvres, puis ses yeux. Il se rapproche de moi lentement. Je me recule et pose mes mains sur son torse pour le repousser, mais sa main agrippe mes cheveux pour maintenir ma tête face à lui.

— Écoute-moi bien, Louise… La prochaine fois que tu me traites de connard ou de monsieur Ronchon, je pourrais devenir très… Très… Méchant.

Ses yeux sont ancrés dans les miens, je ne peux m'en détacher. Je devrais avoir peur, mais je n'ai qu'une envie, c'est de rire. Il essaie de jouer le grand méchant avec moi, mais c'est le contraire qui se produit. Je ferme les yeux pour ne pas le regarder. Je me retiens le plus possible, mais je n'y arrive pas. Lorsque j'ouvre les yeux, il me fixe avec un sourcil levé et là, j'explose de rire. Sa main agrippe mon menton pour me relever la tête vers lui.

— Désolée, je lui dis entre deux éclats de rire.

Il se tient l'arête du nez avec ses doigts, souffle et tourne la tête de droite à gauche.

— Louise… Louise…

Ses yeux gris me fixent, je suis hypnotisée par leur couleur. Je ne bouge plus. Mon cœur bat à tout rompre lorsque sa bouche fond sur la mienne sans aucune douceur. Je suis surprise au début, mais j'entrouvre mes lèvres pour lui laisser accès à ma langue.

Son baiser se fait ardent, possessif, il passe sa main sur ma nuque pour me maintenir plus près de lui. Nos langues se cherchent, son piercing caresse ma langue. Mes jambes s'enroulent autour de sa taille. Son autre main passe sous mon tee-shirt et se pose entre mes seins. Il appuie dessus et je me retrouve allongée sur le comptoir, lui debout entre mes jambes. Il relève mon tee-shirt pour dévoiler mon bustier. Je vois un sourire étirer ses lèvres. Ses mains expertes le dégrafent lentement pour dévoiler mes seins et mon ventre. Ses doigts font des arabesques sur mon corps qui frissonne sous leurs caresses. Mes seins se tendent vers lui. Il s'avance vers moi, je sens son souffle chaud sur mon ventre, sa langue percée remonte lentement vers mes seins. Un gémissement s'échappe de mes lèvres lorsque son piercing titille mes tétons un à un.

Je repense à Arthur et à ce qu'il m'a dit sur l'effet qu'a un piercing sur la peau d'une femme. J'attrape son tee-shirt et le fais passer par-dessus sa tête. Il se redresse pour me faciliter le passage. Je ne peux m'empêcher d'admirer ses tatouages. Ma main se pose sur son torse puis mes doigts suivent le contour d'un immense tatouage d'un diable avec des cornes. Il a la chair de poule puis retire ma main. Je m'assois pour être plus proche de lui et avoir accès à sa bouche. J'ai envie de l'embrasser, de le sentir contre moi, en moi. Je sens la bosse dans son boxer contre mon intimité, je repasse mes jambes autour de sa taille pour le sentir plus près de moi et pose mes mains sur ses fesses pour le rapprocher encore plus. Il se frotte à moi langoureusement, mes seins contrent son torse, je sens son bas ventre contre le mien.

Nous nous embrassons à en perdre haleine, nos souffles sont courts, nos mouvements s'accordent parfaitement, nos corps se répondent naturellement. Mes hanches montent et descendent contre son érection, il pose sa main sur le bas de mon dos pour me maintenir plus près de lui. J'aimerais être plus proche de lui, le sentir en moi. Sa langue me lèche le cou, mes lèvres, m'embrasse. Je gémis lorsque ses dents tirent sur ma lèvre inférieure et que son sexe dur se frotte un peu plus contre le mien, que nous accélérons la cadence. Mes hanches montent et descendent plus vite, je l'entends grogner contre mon oreille. Je n'ai jamais ressenti une telle excitation, est-ce lui ? Le lieu ? Le fait que l'on peut nous surprendre ? Mon sexe se contracte contre le sien et je ne peux m'empêcher de hurler. Sa main se pose sur ma bouche pour étouffer mon cri. Il se fige contre moi, son visage se loge dans mon cou dans un gémissement rauque. Nous restons ainsi quelques secondes le temps que nos souffles erratiques redeviennent normaux.

Une porte qui claque nous fait sursauter. Il se recule et je descends du comptoir. J'entends la douche qui se met à couler. Sûrement Jim qui vient de se lever. Jim ! Je ne sais pas vraiment comment me comporter. Jonas me regarde puis se retourne pour aller s'asseoir devant son café froid. Nous sommes sortis de notre bulle. Je file vers la chambre pour m'habiller. J'enfile mon jean, mes talons et attrape mon sac. Lorsque je retourne dans la cuisine, Jonas fixe toujours son café.

— Je… Je dois rentrer…

Il relève la tête vers moi :

— C'est moi qui te fais fuir ? Tu peux rester, ça ne se reproduira plus.

— J'ai du boulot à rattraper. Beaucoup. Salut.

Je file sans me retourner. Lorsque je suis dans la rue, je me rends compte que j'ai oublié mon chemisier dans la salle de bain et surtout mon bustier dans la cuisine. J'espère que Jonas aura la présence d'esprit de le remettre dans la chambre ou de le cacher à Jim. Il va falloir que je trouve un moyen de tout récupérer. Quand je repense à ce qu'il vient de se passer… Je viens de faire l'amour tout habillé à un mec qui ne peut pas m'encadrer ! C'est la première fois que ça m'arrive, mais c'était si intense, la tension sexuelle était si présente entre nous. Je recommencerais bien, mais en le sentant en moi cette fois-ci. Mais qu'est-ce que je raconte ? Jonas est un connard Ronchon. C'était juste un aparté qui ne se reproduira plus. Il l'a dit lui-même !

CHAPITRE 11

Jonas

Après être passé dans la deuxième salle de bain pour une autre douche, je jette mon café et m'en refais un autre. Je déteste le café réchauffé. Je n'en reviens pas de ce que je viens de faire. Je l'ai baisée, là, sur le comptoir de la cuisine avec Jim à côté ! Ce ne serait pas la première fois que je baise une nana avec lui dans la pièce à côté, mais jamais une nana qu'il a baisée dans la nuit… Mes yeux tombent sur son bustier qui est resté sur le comptoir. Je l'attrape et vais le jeter dans la chambre tant que Jim est encore sous la douche. Lorsque je me rassois devant mon café, je repense à ce qu'il vient de se passer. J'ai joui sans sortir ma queue de mon boxer ! Une première pour moi. C'est dire l'effet qu'elle me fait. Depuis que je l'ai vue ce matin sortir de la douche, je n'arrive pas à me la sortir de la tête. Pourtant, en la voyant rougir devant mon boxer, jamais je n'aurais pensé qu'elle était aussi chaude. Mais pourquoi n'est-elle pas comme ça tout le temps ? Pourquoi n'est-elle pas si enjouée et rieuse ? Mais j'ai quand même envie de m'amuser un peu… De la faire douter, de lui donner envie de me goûter encore une fois. À savoir si elle a envie de recommencer. Il faut que j'aie une discussion avec Jim pour savoir ce qu'il en est de leur relation. Est-ce que c'est juste un coup d'un soir ou est-ce qu'ils vont passer au stade du couple ?

— Déjà levé ?

— Salut. Bien dormi ? lui dis-je avec un petit sourire.

— Tu nous as entendus ?

— Disons que ta partenaire a été particulièrement démonstrative ouais !

— Que veux-tu ? Elles hurlent toutes de plaisir avec moi !

Je me marre. Il faut que j'en sache plus sur leur relation.

— C'est du sérieux ? Je veux dire, tu envisages quelque chose avec elle dans l'avenir ?

— Jonas, j'en sais rien ! Regarde… Tu la vois toi ? Apparemment, on n'a pas eu les mêmes sensations cette nuit !

— Je l'ai croisée tout à l'heure. Elle avait du boulot à rattraper…

Il me regarde et lève les yeux au ciel. Je pose un café devant lui. Il faut que j'en sache plus sans trop insister.

— Après, ce n'est pas vraiment le style de nana que tu fréquentes d'habitude…

Il relève les yeux vers moi puis éclate de rire.

— C'est clair ! Elle, elle est… Normale…

— Elle ne l'est pas un peu trop ? Je veux dire, un peu trop sérieuse et coincée, tu vois…

— Peut-être. En tous cas, je peux te dire que je m'éclate avec elle. Mais je ne veux pas me prendre la tête, je verrai lorsqu'on se reverra. À chaque fois qu'on s'est vus, c'étaient des pulsions. J'avais envie d'elle, elle de moi et puis voilà !

— OK, donc tu ne vas pas la demander en mariage ce soir c'est bien ça ?

— Qu'est-ce que tu es con ! Tu n'as rien à bouffer ? J'ai la dalle !

— Tu n'as pas un appart ?

— En fait, je dois appeler Lily…

— Tu m'expliques ?

— Disons qu'elle a dû profiter de la nuit avec quelques personnes chez moi… Tu connais ses voisins.

— En gros, tu es SDF jusqu'à quand ?

— Ben, jusqu'à ce que je vire Lily et compagnie de chez moi.

Il se lève et ouvre le placard avec la bouffe dedans et se sert. Il faut que je m'isole pour penser à tout ça, je sors pour marcher un peu. Lorsque je rentre chez moi, le calme me surprend. J'enlève les écouteurs de mes oreilles et file sous la douche. Je vois dans le panier à linge le chemisier et le bustier de Louise. Quel con ce Jim. Il m'a tout laissé à laver.

Je repense à tout à l'heure avec Louise, à son corps nu qui sortait de la douche, à ses mains sur moi, sa bouche sur la mienne, à notre désir commun. Comment est-ce que je vais faire maintenant ? Et surtout, comment est-ce qu'elle va réagir en me voyant ? De toute façon, je lui ai dit que ça ne se reproduirait pas ! Je regarde mon téléphone et pense à Lina. Je dois penser à autre chose et Lina arrive très facilement à me distraire. J'ai envie de l'appeler, mais il faut d'abord qu'elle me donne un autre numéro. Je n'ai pas envie de me prendre une douille au téléphone ce mois-ci. Je décide de lui envoyer un message :

{Bonjour Lina, aurais-tu un autre numéro où je peux te joindre ? Je n'ai pas envie de devoir faire un crédit pour pouvoir communiquer avec toi !}

J'attends sa réponse. Rien. Je lui en envoie un autre.

{Alors je file à la banque de ce pas...}

Toujours rien. Elle bosse peut-être ? Je regarde ma guitare dans un coin et hésite à la reprendre lorsque mon téléphone sonne.

— Ouais ?

— Arthur ? Bonjour…

— Lina… Quel plaisir ! Alors tu ne veux pas me donner un autre numéro ?

— C'est impossible pour l'instant Arthur. Mais je peux t'appeler sans problèmes. Tu n'auras qu'à m'envoyer un message et je te rappelle si je peux. Pas besoin d'aller à la banque !

J'entends son rire raisonner dans le téléphone et le visage de Louise s'immisce devant mes yeux.

— Arthur, que puis-je faire pour te satisfaire ?

— En fait, je voulais savoir si tu voulais bien me parler de ton connard.

— Oh !

— Lina ?

— Je ne pense pas que ce soit une bonne idée, Arthur.

— OK, alors raconte-moi ta dernière expérience sexuelle.

J'ai besoin de penser à autre chose qu'à Louise sous mes doigts ce matin.

— Très bien. Ça date de ce matin Arthur. Es-tu bien installé ?

— Je t'écoute. Tu ne peux pas savoir à quel point je suis tout ouïe.

— Alors, ferme les yeux. Je suis dans le métro, il n'y a plus aucune place de libre. Je suis debout, une de mes mains tient la poignée au-dessus de moi et l'autre tient mon sac en bandoulière.

Je me concentre sur ce qu'elle me dit et l'imagine que trop bien.

— Il y a énormément de monde, c'est l'heure de pointe, nous sommes tous serrés les uns contre les autres. Je porte une jupe qui m'arrive aux genoux et un chemisier. Lorsque la rame s'arrête pour repartir encore une fois, il y a encore plus de monde. Je sens de temps en temps contre ma cuisse des frottements. Ce doit sûrement être le sac du vieux monsieur à côté de moi.

— Quel âge à ton vieux monsieur ?

— Oh, je ne sais pas, 65 ou 70 ans peut-être. Ensuite, je sens que ce frottement monte plus haut. J'essaie de bouger, mais la rame est tellement pleine que ça m'est impossible, je bouscule l'autre monsieur devant moi. La main du vieux monsieur continue de me caresser jusque sur mes hanches et redescend pendant quelques minutes. Ensuite, je sens sa main qui passe sous ma jupe, qui monte le long de ma cuisse intérieure pour s'arrêter sur mes fesses et recommencer. Le vieux monsieur se colle à moi un peu plus. Il a ses mains sur mes fesses qu'il caresse et je sens une protubérance sur ma cuisse. Il se frotte à moi sans gêne. Je sens son sexe durcir à travers son pantalon. Il accentue ses frottements et me pousse en même temps sur l'homme que j'ai devant moi. Je lui fais un petit sourire pour m'excuser qu'il me rend gentiment. J'essaie de me retenir à la poignée d'une main et de tenir mon sac de l'autre. Le vieux monsieur passe sa main sous mon shorty pour me caresser les fesses un peu plus. Je sens toujours son sexe qui se frotte à moi, sa main s'aventure un peu plus loin entre mes jambes, il repousse mon shorty sur le côté et je sens ses doigts qui se faufilent jusqu'à mon intimité. Je suis surprise par ce geste. Il se colle un peu plus à moi. Je sens maintenant son sexe qu'il a libéré contre mes fesses, et ses doigts qui commencent à s'activer sur mon intimité. Tu n'imagines pas à quel point, c'est excitant de sentir la main d'un inconnu entre ses cuisses et le regard de l'homme face à moi qui me fixe avec un petit sourire. Celui-ci en profite pour se coller plus à moi lorsque mes dents attrapent mes lèvres pour m'empêcher de gémir. Je suis prise en sandwich par deux inconnus. Celui face à moi passe une main dans mon dos sous mon chemisier pour me maintenir près de lui et son autre main se pose sur mon sein. Je sens une bosse dans son pantalon. L'autre homme s'active sous ma jupe et je ne peux empêcher un gémissement sortir de ma gorge. Celui-ci s'active de plus belle. Je suis obligée de me tenir à l'homme face à moi pour ne pas tomber. Le vieux monsieur retire sa main et se colle un peu plus derrière moi. Il écarte mon shorty à nouveau et je sens son sexe chaud se faufiler entre mes cuisses. Il ne me pénètre pas, mais je sens son sexe qui se frotte au mien. L'homme devant moi délaisse mes seins pour passer sa main sous ma jupe. Il caresse mon clitoris à travers mon shorty alors que le vieux monsieur s'active toujours entre mes cuisses. Ses mouvements se font de plus en plus rapides alors que l'homme face à moi passe sa main dans mon shorty et pose son doigt sur mon clitoris. Je gémis à nouveau. Sentir ce sexe entre mes cuisses qui frotte contre mes lèvres ouvertes et la main de cet homme qui s'active tout autant sur mon clitoris… Hum c'est si bon. Si je pouvais hurler lorsque l'orgasme arrive, je le ferais, mais je me souviens que je suis dans une rame de métro. Alors je ferme les yeux et jouis en silence. Le vieux monsieur maintient mes hanches fermement tandis qu'il s'active entre mes cuisses qui se sont refermées sur son sexe. Il se retire d'entre mes cuisses et je sens qu'il finit de se masturber tout seul jusqu'à la jouissance. J'entends son râle dans mon dos. Il baisse ma jupe sur mes fesses tandis que l'autre homme baisse le devant de ma jupe et se lèche les doigts… Je suis arrivée au travail tout excitée tu imagines bien. Arthur ?

Putain, je suis sur le cul. Elle a réussi encore une fois à me faire bander juste en me parlant au téléphone.

— Oui Lina, je suis là…

— Tout va bien ?

— Plus que bien. Alors les vieux messieurs t'intéressent ?

— Tu sais, je suis là pour donner du plaisir aux hommes Arthur. C'est ce que je viens de faire avec toi non ?

— Je croyais que tu bossais chez toi Lina…

— Oh, disons que de temps en temps, je dois prendre le métro.

Je ne sais pas si elle m'a dit la vérité ou si c'est encore une histoire inventée pour faire bander les hommes qui l'appellent.

— Dis-moi Lina, comment une telle histoire peut-elle sortir de la bouche d'une jeune femme d'une trentaine d'années ?

Elle éclate de rire.

— Disons… Arthur… Que certains vieux messieurs ont une imagination débordante !

— Donc, ton expérience sexuelle de ce matin…

— Était avec un vieux monsieur… Au bout du fil.

— Tu sais que tu as un don Lina ?

— Vraiment Arthur ? Dis-moi lequel…

— Tu arrives à faire bander les hommes en leur racontant des histoires !

— Oh, mais je suis payée pour ça, très cher !

Je souris de l'entendre rire au téléphone. Le visage de Louise s'immisce encore une fois dans mon esprit.

— Et ta vraie dernière expérience sexuelle date de quand, chère Lina ?

— …

Elle ne me répond pas.

— J'ai un double appel Arthur, je dois te laisser.

— Oh… très bien. À plus tard Lina.

— À très bientôt Arthur…

Et elle raccroche. J'imagine que c'est plus rentable pour elle de répondre à des appels qui lui rapportent du fric que de discuter avec moi.

Je pense encore une fois à Louise. À chaque fois que j'entends le rire de Lina, je vois son visage. Mais c'est impossible, même si j'ai bien vu ce matin qu'elle n'était pas si prude que je l'avais pensé, je la vois mal me raconter des choses aussi chaudes et bandantes ! Mais j'ai envie de voir jusqu'où elle pourrait aller. Maintenant que nous avons été intimes, je vais la titiller, lui donner envie de moi. C'est elle cette fois qui va me sauter dessus. J'envoie un message à Lily qui me répond immédiatement. Parfait. J'ai son numéro. Que le jeu commence…

CHAPITRE 12

Louise

{*Ton chemisier et ton bustier sont restés dans ma panière de linge sale... Que dois-je en faire ?*}

Je fixe mon téléphone perso ne sachant pas quoi penser de ce message. Je suis au téléphone avec un homme qui avait envie de baiser une femme sous un porche en pleine rue. Je continue mes gémissements et mes encouragements à cet homme tout en fixant mon autre portable.

Je sais que c'est Jonas, mais que lui répondre ? J'ai envie de lui répondre en déconnant, mais vu ce qu'il m'a dit ce matin après mon départ, je ne sais plus vraiment… Tant pis, je me lance. Toujours en continuant mes gémissements, je lui réponds :

{*Bonjour, à qui ai-je l'honneur ?*}

{*À l'homme qui t'a fait jouir ce matin...*}

OK, un point pour lui. Je réfléchis. Je sais ! Je vais le faire ronchonner un peu.

{*Monsieur, j'ai joui plusieurs fois ce matin, merci de me préciser à quel endroit vous m'avez fait jouir et je saurai à qui j'ai à faire...*}

Je rigole toute seule de ma bêtise. Un partout. Je l'imagine en train de passer sa main sur son nez comme il fait lorsqu'il est énervé et de me traiter de salope, mais je m'en fous. J'ai envie de l'énerver un peu tout comme il peut m'énerver lui aussi… Il met quelques minutes avant de me répondre.

{Je suis l'homme qui t'a fait jouir sans t'enlever ta petite culotte...}

OK, alors techniquement, je n'avais ma petite culotte dans aucun des cas étant donné qu'avec lui, j'étais en boxer.

{Monsieur, dans tous les endroits où j'ai joui ce matin, je n'avais pas de petite culotte... donc il est normal que j'aie pu jouir avec vous sans avoir besoin de l'enlever... Je ne l'avais point.}

J'adore. J'imagine qu'il est soit très énervé, soit il rigole. Je préférerais qu'il soit énervé, ça le remettrait à sa place. Après quelques minutes d'attente, il me répond enfin.

{Mes lèvres ont goûté aux tiennes, ma langue a dansé avec la tienne, elle a goûté à la peau de ton ventre, elle a goûté à tes seins, mon piercing a titillé tes tétons qui se sont dressés vers moi pour en demander encore plus. Ma peau encrée t'a recouverte entièrement, tes mains m'ont caressé le torse, le dos, ont palpé mes fesses. Tes seins se sont frottés à moi, tes pointes dressées m'ont fait frissonner, ton sexe s'est frotté contre le mien, mon sexe a caressé le tien jusqu'à le sentir se contracter. Ton corps s'est cambré sous ta jouissance, ma main a recouvert ta bouche pour ne pas entendre ton hurlement de plaisir... Besoin de plus de détails ?}

Oh la vache ! Rien qu'à entendre le résumé de nos ébats, j'en suis tout émoustillée. Encore. J'évite de fermer les yeux, car je risque de repenser à ces scènes torrides avec lui. Je décide donc de lui répondre.

{Il me semble me souvenir de cet épisode en effet. Alors pour ce qui est de mon chemisier et de mon bustier, plusieurs choix s'offrent à toi :

1- Tu les laves et les donnes à Jim

2- Tu les laves et les donnes à Lily

3- Tu les laves et me les envois...}

Pas de réponse. J'y suis peut-être allée un peu fort, mais au moins il a compris que je n'ai pas l'intention d'aller chez lui les chercher…

{Je vais y réfléchir… Et que dois-je faire de ta petite culotte? Après l'avoir lavée bien sûr…}

Mais oui ! Elle est passée où ma petite culotte ? Je ferme les yeux et essaie de me remémorer ma soirée. Jusqu'à l'appartement de Jonas, je sais que je l'avais, c'est sûr. Ensuite, on a fait un jeu du style chacun dit une lettre pour former un mot et si tu réponds mal, tu bois… Et j'ai bu… Beaucoup… Je me revois ensuite dans la chambre avec Jim, nos fringues qui volent, ma petite culotte qui vole aussi… Je suis dans la merde. En réfléchissant, je termine ma conversation avec mon client et raccroche. Je ne lui réponds pas et me prends la tête entre les mains pour me remémorer le cours de ma nuit avec Jim et surtout où a atterri ma petite culotte ! Je sais ! Je cours vers ma panière à linge sale et fouille dans la poche de mon jean. Trouvée ! Je me fais une joie de lui répondre :

{Après l'avoir lavée bien sûr… Plusieurs choix s'offrent à toi :

1-   Tu retrouves sa vraie propriétaire (une petite amie d'un soir?)

2-   Tu la rends à Jim (je ne me souviens pas de ce qu'il portait ce soir-là…)

3-   Tu la rends à Lily (elle a peut-être fini la soirée chez toi… Qui sait?)

4-   Tu la vends aux enchères (suivant la qualité bien entendue!)}

Je rigole de ma bêtise… La réponse ne se fait pas attendre.

{*Louise... Louise... Pourras-tu avec ou sans lavage de ta part me rendre mon boxer qui moulait si bien ton petit cul ce matin et qui doit encore porter l'odeur de ta jouissance...*}

Je recrache mon café. Il arrive à me faire rougir rien qu'avec un message ! Je réfléchis deux secondes et décide d'abréger la conversation.

{*Je t'échange ton boxer (lavé bien sûr) contre mon bustier et mon chemisier. Fais-les passer à Jim ou Lily et j'en ferais de même. Bonne journée*}

Voilà ça s'est fait. Je me mets dans ma bulle, casque sur les oreilles et continue le compte-rendu de lecture du manuscrit que je viens de terminer pour le rendre avec les autres demain à mon éditeur.

Une vibration sur la table me fait lever la tête.

{*Mon boxer contre ton bustier sans intermédiaire. Où et quand tu veux...*}

Mais non ! Comme si je n'avais que ça à faire. Et mon chemisier ? Mais comment un homme aussi beau peut-il être aussi un connard fini ? C'est assez incroyable toutes les sensations contradictoires qu'il peut me faire ressentir en quelques minutes. Je change son nom dans mes contacts : Connard Ronchon. Parfait !

{*Pour mon chemisier ?*}

{*Trouve quelque chose à échanger ou je le revends...*}

Quoi ? Mais certainement pas ! Il m'a coûté un bras ! Je ne lui réponds pas, car je m'énerve de plus en plus et ça ne sert à rien. D'ailleurs, je file faire une machine avec son fameux boxer. Plus vite il sera lavé et plus vite je pourrais récupérer mes fringues. Je continue de bosser pendant que la machine tourne. Lorsque j'étends le linge et que j'ai le boxer entre les mains, je ne peux m'empêcher de repenser à ce matin. Mais comment ai-je pu succomber ?

Je revois ses yeux gris qui me transpercent, sa bouche qui fond sur la mienne, ses mains sur ma peau. J'en ai des frissons rien que d'y repenser. Je revois mes mains sur son torse. Mes doigts qui effleurent son tatouage. Un diable ? D'ailleurs, il ressemble étrangement à celui de Jim, mais il me semble que je l'ai déjà vu quelque part... Mais où ? Je revois son torse entièrement encré. Ses tétons percés, mes mains qui se perdent sur ses abdos. Je sens sa bouche sur mon ventre, sa langue qui parcourt ma peau jusqu'à mes seins. La sensation de son piercing sur mes tétons. J'en ai la chair de poule. Je repense à ce que m'a dit Arthur au téléphone et l'effet que peut avoir une langue percée sur le corps d'une femme et notamment sur son intimité. Maintenant que j'y ai goûté, j'avoue que j'aimerais bien connaître l'effet sur moi. Mais à part Jonas, je ne vois pas qui pourrait m'aider... Arthur peut-être ? Non, il faut que je m'enlève cette idée de la tête. Ce n'est qu'un client avec qui j'ai sympathisé et ça s'arrête là. Jim ? Il n'a pas la langue percée, juste les tétons. Lily ? Non, mais quelle idée ! Elle a la langue et plein d'autres endroits percés, mais je me vois mal lui demander une chose pareille ! Je suis sûre qu'elle doit avoir plein de prétendants qui ne demandent qu'à la satisfaire. J'ai pu voir hier soir la façon dont les hommes et les femmes la regardaient. Il n'y a que Jim et Jonas qui la regardaient normalement, comme des frères pourraient regarder leur sœur.

Je continue d'étendre le linge et tombe sur le tee-shirt que m'a donné Jonas. Il est gris chiné avec sur le devant quatre diables surmontés d'un nom I DIAVOLI. J'en reconnais deux. Celui de Jim et celui de Jonas. Je ne connais pas les deux autres. Sur l'arrière, il y a des dates et des lieux de concert, une quinzaine de dates qui sont de l'année dernière. Ça y est ! Je sais où j'ai déjà vu ces diables. Jonas avait un CD d'eux dans le vide-poche de sa voiture. C'est le même dessin et le même nom. J'ai trouvé de quoi retrouver ma chemise ! Je lui envoie un message de ce pas.

{*Si tu veux revoir ton tee-shirt I IDIAVOLI, tu devras me rendre mon chemisier...*}

{*Trouve autre chose pour l'échange. Le tee-shirt ne m'intéresse pas...*}

Il m'envoie en pièce jointe une photo avec toute une pile de ces mêmes tee-shirts. J'ai envie de hurler ! Mais c'est quoi son problème ? Je lui réponds sur un coup de tête.

{*Alors garde mon chemisier et revends-le, tu pourras t'acheter pleins d'autres boxers, ou des tee-shirts, ou des shorts, ou des jeans...*}

Je suis hors de moi. Il a toujours le dernier mot et ça m'énerve. Je n'aime pas ça. Je décide d'éteindre mon téléphone sans attendre sa réponse. J'éteins aussi le téléphone rouge et file directement me coucher sans même manger. J'ai du sommeil à rattraper et demain, c'est dimanche.

CHAPITRE 13

Jonas

Louise ne me répond pas. Ça a le don de m'énerver. Je déteste qu'on me raccroche à la gueule ou qu'on ne me réponde pas délibérément. Mais au moins, j'ai eu le dernier mot. Quand je repense qu'elle m'a cherché. Non, mais sérieux ? Je l'impressionnais beaucoup plus, avant qu'on se soit rapprochés. Il commence à se faire tard, mais je n'ai pas envie de dormir malgré le fait que la nuit dernière ait été courte.

Je pense à Louise, à son corps, à ses gémissements. Il faut que j'arrête ! Alors qu'avant je ne pensais qu'à moi, je n'arrête pas de penser à ces deux femmes qui m'ont retourné le cerveau en quelques semaines. J'ai besoin d'un verre. Demain, je ne bosse pas et je dois me changer les idées.

Je me change et prends mes clés de voiture. Je vais dans un bar qui accueille plusieurs groupes le samedi soir. J'aimais beaucoup venir ici avant. C'est un endroit que peu de gens connaissent à part les gars comme moi. Après quelques whiskies ingurgités avec des connaissances, je remarque qu'une femme n'arrête pas de me fixer. Son visage me dit quelque chose, mais la fatigue de la veille et les verres que je viens de boire ne m'aident pas vraiment à avoir l'esprit très clair. Elle se rapproche de moi. Grande, blonde, siliconée. Je baisse mes yeux sur ses jambes qui sont à peine couvertes par un bout de tissu.

— Salut beau brun…

Elle me caresse le visage.

— Salut… Je la fixe, mais ne me souviens pas…

— Un petit tour dehors ? Elle me fait un clin d'œil.

Putain ! La nana de l'autre soir ! Je la fixe un moment, ses yeux n'ont aucune expression. Elle me fait penser à la tête d'un poisson… Les mêmes yeux… Je me lève difficilement et fais un pas vers elle pour fixer ses yeux morts.

— Nan… Pas ce soir chérie ! J'ai ferré un autre poisson !

Je me marre et vais vers la sortie. Je me rends compte que j'ai dû boire plus que je ne pensais, car la porte s'éloigne de moi alors que je ne fais qu'avancer vers elle…

— Jonas !

Je me retourne vers cette voix. Raph, le patron du bar, me tend la main.

— Tes clés !

— Je suis venu à pied ! Salut !

Il se place devant moi, ce qui n'est pas compliqué étant donné ma vitesse olympique, et me fixe droit dans les yeux avec un air très sérieux.

— Sois raisonnable Jonas. Je ne veux pas que ça arrive encore une fois…

Je relève les yeux vers lui et tout ce que je m'efforçais d'oublier depuis plus de trois mois remonte en moi. Les longues heures d'attente à l'hôpital, la souffrance, les cris, l'incompréhension, l'accident, le sang, les sirènes, les lumières.

Je lui donne inconsciemment les clés et sors. Je ne peux retenir les larmes qui roulent sur mes joues. Je marche plusieurs minutes, heures, je ne sais pas. Lorsque je m'assois sur un trottoir, je me rends compte que je suis devant chez la pimbêche. Je m'avance à la porte et sonne aux quatre sonnettes devant moi. Je reste appuyé dessus jusqu'à ce que quelqu'un daigne m'ouvrir. Je monte les escaliers et me rends compte que je ne sais pas à quel appart elle habite. M'en fou ! Je vais frapper à tous. Je m'arrête devant la première porte et frappe sans m'arrêter. J'entends un chien qui n'arrête pas d'aboyer.

Elle a un chien ?

— Mais qu'est-ce que tu fous là ?

Je me retourne lentement vers Louise qui vient d'ouvrir la porte de l'autre appartement.

— Eh ! Salut Louise… Je suis venu te rendre ta petite culotte !

Elle fonce sur moi, m'attrape par le bras et me tire dans son appartement avant de refermer la porte derrière moi. Je me laisse tomber au sol et m'adosse à la porte d'entrée. Je n'ai pas la force d'aller plus loin. Je vois deux pieds nus vernis devant moi. Mes yeux parcourent ses jambes et ses cuisses nues. Elle porte un grand tee-shirt d'homme bien trop grand pour elle. Ses yeux noisette me fusillent du regard.

— Je peux savoir ce que tu fais chez moi à quatre heures du mat ?

— Je t'ai dit, je te rapporte ta petite culotte…

J'ai l'impression d'avoir chuchoté.

— Jonas ! Mais tu es complètement fait !

Elle lève les yeux au ciel.

— Allez viens.

Elle me tend les mains que j'attrape. Un frisson parcourt ma colonne lorsque je prends ses mains chaudes dans les miennes. Elles sont toutes petites, elle essaie de me relever en vain. Je la regarde droit dans les yeux et tire sur ses mains. Elle se retrouve sur mes genoux, me fixe droit dans les yeux. J'ai envie de l'embrasser là, maintenant. Je m'approche de son visage tout en restant plongé dans son regard. Je lâche ses mains chaudes pour prendre son visage entre les miennes. Elle cligne des yeux et prend appui sur mon torse pour se relever brusquement.

— Jonas, aide-moi…

Je lui tends mes mains qu'elle prend et je me relève avec son aide. Nous nous dirigeons vers le canapé. Elle est tellement petite que je suis obligé de me baisser pour me tenir à ses épaules. Elle me jette sur le canapé sans ménagement. Je lui attrape la main.

— S'il te plaît, reste un peu…

Elle souffle, mais s'assoit avec moi sur le bout du canapé. Je m'allonge et pose ma tête sur ses genoux. Je ne peux détacher mes yeux des siens. Elle me sourit. Sa main se pose sur mes cheveux qu'elle caresse, l'autre se pose sur mon torse. Je pose ma main sur la sienne et la serre. Nous restons ainsi un moment puis elle se met à fredonner puis à chanter lentement. Je ferme les yeux. Mes larmes coulent, Jack adorait chanter cette chanson. *The way Down we go* de *Kaleo*. Je serre un peu plus sa main. La main qui était dans mes cheveux glisse sur mon visage pour essuyer mes larmes au fur et à mesure qu'elles coulent. Je me laisse aller complètement. Est-ce l'effet des whiskies ? Sa main effleure mon visage, mes larmes, ces traîtresses, continuent de couler. Sa bouche vient m'effleurer pour les effacer. Je sens sa langue chaude sur ma joue. Lorsque j'ouvre les yeux, je tombe dans les siens. Elle s'arrête pour se relever. Je passe ma main dans sa nuque et l'attire vers moi pour l'embrasser. C'est un baiser tendre et doux. Elle se laisse aller puis me repousse gentiment.

— Ce n'est pas une bonne idée, Jonas. Tu dois te reposer et dormir. Elle me fait une bise sur la joue et se lève. Ma tête se pose sur un coussin. Je la regarde s'éloigner. Mais qu'est-ce que je fous là ? J'essaie de me relever pour rentrer chez moi. Elle revient avec un coussin et une couette dans les bras qu'elle me tend.

— N'y pense même pas ! Elle se dirige vers la porte, la ferme à clé et la prend avec elle.

J'éclate de rire en m'allongeant sur le canapé. Mes yeux se ferment malgré moi.

Je suis réveillé en sursaut par des hurlements.

— LOUKAS ! NON ! NON ! JE T'EN PRIE ! RESTE AVEC MOI ! ENCORE UN PEU ! LOUKAS ! NE ME LAISSE PAS SEULE ! SOIS FORT ! BATS-TOI…

Je me lève, ma tête tourne. Je me rassois, mais d'autres hurlements me motivent pour me relever et me diriger vers eux. C'est immense ici. J'ouvre la porte de la chambre pour voir Louise en pleurs, qui crie toujours, elle appelle un certain Loukas, de ne pas la quitter, de rester avec elle pour toujours. Elle est découverte, en sueur. Je monte sur le lit et la prends dans mes bras pour la bercer lentement.

— Chut… C'est fini… Ça va aller, ma belle…

Je m'adosse au mur et pose sa tête sur mon torse. Je lui caresse les cheveux en lui parlant doucement. Puis je me mets à chanter lentement, doucement tout en continuant de la bercer : Zombie. Elle se détend peu à peu malgré quelques sanglots et quelques gémissements. Son corps s'alourdit contre le mien. Je m'étends dans son lit immense en la gardant auprès de moi.

La sonnerie stridente d'un téléphone me réveille en sursaut. Louise, toujours allongée la tête sous l'oreiller, tend le bras vers sa table de nuit et appuie sur son portable en grognant. Je ne peux m'empêcher de regarder son corps dénudé devant moi. Le tee-shirt qu'elle porte est remonté sur sa taille dévoilant une partie de son tatouage ainsi que son boxer en dentelle. J'adore ses formes, je n'ai qu'une envie, c'est de poser mes mains sur ses cuisses, sur ses hanches, ses fesses.

Louise se retourne vers moi. Elle me fixe avec un petit sourire puis se relève d'un bon en tirant sur son tee-shirt pour cacher son boxer.

— Qu'est-ce que tu fous dans mon lit ?

— Bonjour à toi aussi.

— Jonas !

— J'avais envie de t'avoir contre moi cette nuit, c'est tout…

— Arrête tes conneries. Bouge de mon lit !

Elle me jette un coussin. Dommage pour elle. Je le rattrape, lève un sourcil et lui souris :

— Il va falloir me le demander gentiment…

— Allez ! Bouge ! Et elle me renvoie un autre coussin.

— C'était celui de trop…

— Quoi ?

Je fonce sur elle pour l'attraper, mais elle se relève et part en courant.

— Arrête tes conneries Jonas !

— J'espère que tu cours vite ! Tu vas me le payer, Louise !

Elle file à travers la porte de la chambre. Je la suis à travers le long couloir jusqu'au salon. Elle me fait face avec un coussin du canapé dans les mains.

— Ben alors ? Trop d'alcool dans le sang ? Elle me sourit en levant les sourcils plusieurs fois.

Elle me jette plusieurs coussins que j'esquive facilement. Lorsqu'elle n'a plus de munitions, j'attrape un coussin et avance vers elle lentement. Seul le canapé nous sépare. Je lui jette un coussin pour détourner son attention et saute par-dessus le canapé pendant qu'elle essaie d'esquiver le coussin que je lui ai jeté. Je l'attrape par la taille et la soulève pour la jeter dessus. Elle est coincée sous moi. Son tee-shirt de Nirvana est remonté sur son ventre. Ses yeux sont ancrés dans les miens.

— Trop d'alcool dans le sang ? Je lui demande.

Elle me sourit. Elle attrape sa lèvre inférieure avec ses dents et fixe ma bouche. J'ai envie d'elle, là, tout de suite. Je fonds sur sa bouche, force le passage avec ma langue. Ses mains se posent sur ma nuque. Lorsque je descends dans son cou, elle gémit. Je me relève un peu et elle en profite pour s'esquiver en passant sous moi. Elle s'enfuit en rigolant. Qu'est-ce que j'aime ce rire ! Je lui cours après et la rattrape dans le couloir. Je la plaque contre le mur et l'embrasse à pleine bouche, ses bras passent autour de ma nuque, ses jambes autour de ma taille. Je me dirige vers la chambre sans m'arrêter de l'embrasser. Mes mains se posent sur ses fesses alors qu'elle commence à se frotter langoureusement contre moi tout en gémissant. Je veux la posséder, qu'elle soit à moi. Qu'elle oublie Jim et les autres hommes. Je veux qu'elle ne voie que moi, qu'elle n'ait envie que de moi et de mon corps. Je la jette brusquement sur le lit. Elle s'esclaffe. J'enlève mon tee-shirt et mon jean pendant qu'elle enlève son tee-shirt et se retrouve en shorty à dentelle noire devant moi. Je fonds sur elle, l'embrasse encore, ma langue parcourt son cou, descend sur ses seins, ses tétons se dressent vers moi sous l'effet de mon piercing. Je descends vers son ventre, elle pousse son bassin vers mon visage. Après avoir jeté son shorty au sol, ma langue s'immisce dans son intimité. Elle est déjà trempée. Ma langue percée joue avec son clitoris pendant que mes doigts s'immiscent en elle. Je la regarde, elle est magnifique, cambrée, la tête en arrière. Je continue mes assauts avec ma langue et augmente la cadence de mes doigts. Je veux qu'elle jouisse sous moi. Ses mains agrippent mes cheveux.

— Oh, oui, oh Jonas…

Sa respiration s'accélère ainsi que ses gémissements jusqu'à ce que son corps se cambre et tremble violemment. Elle crie, gémit en même temps. J'aime la regarder jouir tout en sachant que c'est moi qui l'ai amenée là. Ses yeux sont fermés, elle a la main dans la bouche.

Alors que ses tremblements se calment, je me penche pour attraper un préservatif sur sa table de nuit. Elle ouvre les yeux en souriant et me fixe. Elle me tend la main, je lui donne le préservatif en l'embrassant. Sa main passe sur mon sexe tendu vers elle. Elle commence à me masturber lentement puis me pousse sur le dos. Elle passe ses jambes de chaque côté de mon corps, se penche sur moi pour m'embrasser. Sa langue passe sur mes lèvres, elle les mord, tire dessus. Je suis un jouet entre ses doigts. Elle descend sur mon torse tout gardant ses yeux ancrés aux miens. Sa langue titille mes tétons, elle prend mes piercings entre ses dents et tire dessus tout en me regardant toujours. Je grogne d'impatience. Elle descend vers mon ventre, suit mon démon avec sa langue puis descend toujours en me fixant. Lorsqu'elle lèche mon gland, je gémis. J'ai envie qu'elle me prenne en bouche, mais elle prend tout son temps. Sa langue me lèche de bas en haut, j'ai l'impression qu'elle a une sucette entre ses mains qu'elle prend tout le temps d'apprécier. Ses yeux me mettent au défi. Lorsqu'elle me prend enfin, je sens la chaleur de sa bouche qui fait des va-et-vient de plus en plus rapides, sa main l'accompagne. Elle se relève, déroule le préservatif sur mon sexe tendu et avance vers moi telle une panthère. Elle m'embrasse tout en frottant son sexe contre le mien. Je n'en peux plus d'attendre, je veux la posséder. Je lui attrape les hanches et la jette sur le lit. Elle paraît surprise lorsque je la pénètre sans ménagement, mais se cambre à nouveau. J'ai envie de la posséder, depuis le temps que j'ai envie d'être en elle. Je prends ses jambes et les pose sur mes épaules pour mieux la sentir. Elle commence à gémir de plus en plus fort, lorsque j'accélère la cadence, je la sens proche d'un autre orgasme. Je tire sur ses tétons en même temps que je la pénètre. Elle repose ses pieds sur le lit et me repousse sur le dos. Elle me chevauche, ses mains se posent sur mon torse. Elle bouge ses hanches de plus en plus vite. Elle se redresse et je place ma main sur son intimité offerte. Elle me baise. Littéralement. Elle attrape une de mes mains qu'elle pose sur ses seins, lorsque je tire dessus, elle jouit dans un cri. Lorsqu'elle se contracte autour de moi, je jouis à mon tour. Nous sommes trempés de sueur. Elle se couche sur mon torse, sa tête dans mon cou, elle ronronne comme une chatte. Je suis toujours en elle. Nous sommes essoufflés. J'ai les yeux fermés, j'attends que mon cœur reprenne un rythme normal. Je sens sa peau sous mes doigts qui la caresse, elle frissonne puis se pousse sur le côté. Je retire le préservatif et le jette par terre. Je me tourne vers elle. Elle a les yeux fermés et le bras sur les yeux. Après quelques minutes à la regarder :

— Qu'est-ce que tu regardes ?

— Toi.

Ses paupières s'ouvrent.

— Et ?

— Tu es magnifique.

— Tu dis ça parce que tu viens de me baiser. Dans quelques heures, tu changeras d'avis.

Je lui attrape le menton pour qu'elle me regarde dans les yeux.

— Écoute-moi bien, Louise, je n'ai pas pour habitude de changer d'avis facilement.

Elle se dégage et se lève.

— Du café ?

Je n'ai pas le temps de répondre qu'elle est déjà sortie de la chambre.

CHAPITRE 14

Louise

Jonas ! Je viens de faire… De me faire… Par Jonas ! L'homme à femmes, celui qui saute sur tout ce qui bouge aux dires de Jim. Et moi, je ne trouve rien de mieux que de prendre du bon temps avec lui ! Et après ? Je scrute le café qui coule dans ma tasse. Je fais quoi maintenant ? Il est dans mon lit, je l'ai planté là. Je ne sais pas ce que je veux, c'était si bon, si naturel d'être dans ses bras que j'ai eu peur.

Mon esprit divague vers Loukas et nos moments tendres que nous avions souvent le dimanche matin. Lui qui me rejoignait dans mon lit au sortir de la douche, se collant derrière moi, me susurrant une chanson inconnue à mes oreilles, me racontant une partie de sa soirée de la veille. Rien ni personne ne pouvait s'immiscer dans ces moments-là. C'était notre petit rituel du dimanche matin.

Une larme coule sur le plan de travail. Je souris en l'essuyant et en attrapant une autre tasse pour Jonas. Pourquoi aujourd'hui ? Pourquoi y repenser maintenant ? Est-ce le fait de m'être retrouvée dans les bras de Jonas aussi bien que dans ceux de Loukas ? La culpabilité de m'être sentie aussi bien dans les bras d'un autre homme ?

Je sursaute en sentant les mains de Jonas se poser sur mon ventre puis son torse se coller à mon dos. J'essuie mes larmes lorsqu'il me retourne. Ses yeux gris me sondent, cherchent des réponses à ses questions, ses mains se posent sur mes joues, ses pouces essuient le reste de mes larmes.

— Vraiment ? J'ai été si nul que ça ?

Je lui souris malgré moi, son visage se rapproche du mien. Il m'embrasse tendrement tout en gardant ses mains sur mes joues. Je lâche prise et me laisse aller, mes mains se posent sur sa taille dénudée. Il me susurre à l'oreille :

— Parce qu'on peut remettre ça si tu veux, Louise…

Sa langue descend le long de mon cou, je sens son sexe contre moi qui durcit, ses mains passent sous mon tee-shirt. Dans un élan de lucidité, je l'arrête. Il paraît surpris de mon geste et se recule.

— Quoi ?

— Je… Ce n'est rien, c'est juste que…

Il se rapproche à nouveau de moi. Je pose mon front sur son torse et je fixe son diable tatoué sur ses abdos et perds le fil de mes pensées. Il me chuchote :

— C'est juste quoi Louise ?

Mon dieu, sa voix, rien que de l'entendre, je fonds. Mais non, je dois penser à ce que m'a dit Jim, Jonas est un homme qui saute sur tout ce qui bouge.

— Ça va trop vite Jonas ! Je ne sais pas !

Je sens que je viens de piquer son ego, car il se recule tout à coup et me crie au visage :

— Non, mais tu es sérieuse ? Ça va trop vite ? Mais qu'est-ce que tu t'imagines ? Que je vais me mettre à genoux et te demander en mariage parce qu'on s'est consolé mutuellement hier soir et que nous avons baisé ce matin ?

Je suis sans voix. Son regard est si sombre, ses yeux sont couleur ciel d'orage, la colère gronde en lui. Et ce qu'il vient de me dire…

— Bien sûr que non ! Je ne pensais pas que tu allais me demander en mariage ce matin ! C'est juste que j'ai adoré que tu me réconfortes cette nuit, j'ai aimé ce matin… Mais…

— Mais quoi, Louise ?

Il crie en s'approchant à nouveau de moi. Son visage est si près du mien que je pourrais l'embrasser.

— Mais je sais comment tu es Jonas et je ne veux pas…

Il me coupe :

— Tu sais comment je suis. Qu'est-ce que ça veut dire Louise ? Vas-y ! Éclaire-moi !

— Tu aimes les femmes !

— Encore heureux !

— Et tu profites d'elles ! Tu abuses d'elles !

— C'est quoi ces conneries, Louise ? J'ai abusé de toi cette nuit ? Et ce matin ? Je t'ai forcée à quoi que ce soit ?

Il me hurle dessus, il est vexé, mais je dois mettre les choses au clair avec lui, il doit savoir que je ne me laisserais pas avoir comme les autres peuvent le faire avec sa belle gueule.

— Pas dans ce sens-là ! Tu ne comprends pas !

— Alors, explique-moi bordel !

Il tape de sa main à plat sur le plan de travail et je sursaute.

— Tu profites et abuses des femmes dans le sens où tu les baises et tu passes à une autre !

Il passe ses doigts sur son nez.

— Putain… Mais tu t'attendais à quoi exactement, Louise ? On prend du bon temps ensemble, j'en avais envie, toi aussi. Nous sommes des adultes consentants non ? Alors où est le problème ?

— Le problème est que je ne veux pas faire partie de ton tableau de chasse Jonas !

Il éclate de rire et se rapproche de moi en me collant contre l'îlot de la cuisine. Sa bouche se rapproche de mon oreille et il me susurre :

— Ça, il fallait peut-être y penser avant Louise…

Je pose mes mains sur son torse dénudé pour qu'il se recule, mais il ne bouge pas. Je sens qu'il se colle un peu plus à moi, ses mains passent de chaque côté de mon corps, je recule mon buste pour ne pas être trop près de son visage. Mais au moment où je ne peux plus reculer, il passe ses mains sur ma taille et m'assoit sur l'îlot. Je suis sans voix. Il me fixe, je le regarde et je ne sais plus quoi faire, dire ou penser. Un ange passe. Je vois qu'il réfléchit. Je n'y arrive même pas. Puis il fond sur moi, je veux le repousser, mais il insiste.

— Jonas, s'il te plaît…

Son visage est face au mien, il penche la tête sur un côté :

— Oui, ça me plaît, Louise… J'ai encore envie de toi, je veux te posséder à nouveau, je veux te sentir autour de moi, je veux t'entendre crier, hurler de plaisir…

— Mais je ne veux pas être…

— Quoi ? Tu ne veux pas être la femme de plus ?

Je hoche la tête. Il me fixe puis éclate de rire en se reculant et me laissant seule sur l'îlot.

— Tu sais quoi Louise ? Tu as raison ! Complètement !

Je descends de l'îlot alors qu'il se dirige vers la chambre puis il se retourne vers moi et me lance :

— Oh ! Louise ! La prochaine fois que tu essaieras de me faire la morale sur mon comportement avec les femmes, tu devrais penser à ton comportement à toi !

— Mais qu'est-ce que… ?

— Oh, mais oui ! Louise la parfaite !

Je suis sans voix, il me hurle dessus littéralement.

— En attendant Louise, c'est toi qui as passé la nuit à te faire baiser par Jim et qui ensuite n'hésites pas à recommencer avec moi au petit matin alors qu'il est encore dans votre lit dans la pièce d'à côté ! C'est ma faute ça aussi ? Et c'est moi le connard ?

Je ne sais pas quoi lui répondre, il me prend au dépourvu.

— En fait, c'est toi la salope qui se fait baiser par tout ce qui bouge !

Mais de quel droit peut-il me parler ainsi ? Je m'avance vers lui en posant mon index sur son torse.

— Dégage ! Prends tes affaires et barre-toi !

Je le laisse en plan et vais m'enfermer dans la salle de bain. Je suis méconnaissable, le miroir me renvoie l'image d'une femme fatiguée. Mais qu'est-ce qu'il m'a pris de lui dire que j'avais adoré me retrouver dans ses bras, que j'avais aimé faire l'amour avec lui ? Mais qu'est-ce qui ne va pas chez moi ? Comment peut-il me traiter de salope ? Je n'ai fait ça qu'une fois. Et avec lui en plus ! Mais je ne saute pas sur tout ce qui bouge !

J'entends une porte qui s'ouvre et qui se referme, puis une autre, puis, plus rien. Mais qu'est-ce qu'il fout ? J'attends encore un peu, puis décide de prendre une douche. J'enfile un des tee-shirts de Loukas qui traîne toujours dans la salle de bain, celui des Gun's n Roses que j'adore. Il est trois fois trop grand pour moi, mais ça ira pour un dimanche, avec un vieux short ça fera l'affaire. Il n'y a plus un bruit dans l'appartement, Jonas a dû partir.

CHAPITRE 15

Jonas

Je file, j'ai besoin d'air. Je pars comme un lâche, mais j'ai besoin de me remettre les idées en place. J'ai besoin de parler à quelqu'un. Je retourne au bar qui n'est qu'à quelques rues de chez Louise pour récupérer les clés de ma voiture. Je me rends compte que c'est ici, dans ce bar que tout est parti en vrille ce soir-là… Je monte le son de mon poste pour ne plus penser à rien d'autre que la musique qui envahit l'habitacle, *Sépultura* fait l'affaire.

Lorsque j'arrive devant chez Little Lil, je me demande si elle est seule. Après tout, elle passe rarement ses dimanches matin seule… Je ne sonne pas et entre directement, je suis presque comme chez moi ici, et puis j'adore la surprendre, surtout dans une position aussi inconfortable qu'actuellement. Elle est assise sur le comptoir de sa cuisine, une jambe dans le vide, le pied de l'autre posé sur le comptoir, une main sur le comptoir, l'autre sur une tête à la longue chevelure blonde qui s'active entre ses cuisses. Lily a la tête penchée en arrière, sa magnifique chevelure rousse repose sur le comptoir. Lorsque la porte claque, la tête blonde se relève, mais Lily la repositionne entre ses cuisses.

— Ne t'arrête pas encore ma jolie… Mumm oui voilà.

Elle me fait un clin d'œil lorsque je passe à côté d'elle pour me préparer un café et vais l'attendre dans son bureau. Je suis tellement proche d'elle, que je ne bande même pas en la voyant avec une autre femme. Elle est magnifique, mais je n'ai jamais rien ressenti pour elle. C'est un pote, mais version féminine. Elle va droit au but, et surtout n'a pas peur de moi ni de mes réactions souvent incontrôlables. Après plusieurs cris de jouissance et une douche, Lily pousse la porte de son bureau.

— Allez beau brun... La voie est libre !

Je la suis jusqu'à la cuisine. Lorsqu'elle pose sa tasse sur le comptoir, je ne peux m'empêcher de les revoir il y a quelques minutes...

— Sérieux ! Little Lil ! J'espère que tu as passé un coup d'éponge !

Elle éclate de rire.

— Qu'y a-t-il Jonas ? Ne me dis pas qu'un peu de cyprine va te faire fuir ! Toi le plus grand baiseur du monde !

— Ton langage !

Je me rapproche d'elle :

— Et je préfère aller la récolter moi-même...

Elle éclate de rire en me tapant dans la main. Comme j'aime cette femme. Nous nous asseyons tous les deux face-à-face.

— Alors, quel bon vent t'emmène par ici ? Tu avais envie de te rincer l'œil ?

Je passe ma main dans mes cheveux. Je sais que Lily connaît tout de ma vie, mes démons enfouis. Mais est-ce que j'ai envie de lui raconter mon histoire avec Louise ? Je ne sais pas, j'ai envie de garder tout ça pour moi.

— En fait, je repensais à Jack ce matin...

Elle se lève et me serre dans ses bras.

— Oh, mon poulet...

J'apprécie la chaleur de son corps. Elle me berce en me serrant dans ses bras comme elle l'a toujours fait avec moi. Je renifle, je pleure, je me laisse enfin aller... Lily me serre encore plus et chante une mélodie avec sa voix grave et sensuelle. Nous restons un moment ainsi.

J'ai des flashs, je revois des images de cette soirée, les gars du groupe avec qui je lève un, puis plusieurs verres pour fêter la signature de plusieurs dates de concert dans de grandes salles. Je revois Jack entrer dans le bar de Raph avec ce mec que j'ai déjà aperçu plusieurs fois avec lui. Je revois notre batteur rentrer dans le bar en me disant qu'il ne savait pas que mon frère avait un penchant pour la gent masculine. J'entends les rires des autres gars, je ressens ma colère, je revois notre affrontement, la voiture qui part en trombe, la poursuite, le camion… Les cris, la fumée, les lumières bleues, les sirènes, l'hôpital…

Lily me frotte le dos, nous sommes sur son immense canapé, ma tête est posée sur son ventre, sa main dans mes cheveux. Elle ne me pose pas de questions, elle se contente d'être elle. Une présence, sa présence, celle qui me manque depuis plusieurs mois maintenant.

Je relève la tête vers elle, elle est juste magnifique. Ses yeux sont fermés, ses taches de rousseur ressortent sur sa peau diaphane, elle sourit. Lorsqu'elle ouvre les yeux pour m'observer, je constate qu'ils sont rougis. A-t-elle pleuré elle aussi ? Elle se relève et me jette :

— Allez debout ! Fini de faire les pleureuses Jonas !

Je reste assis sur le canapé à l'observer quelques minutes pendant qu'elle s'affaire à nous préparer un petit-déj comme elle adore : gargantuesque. Je file prendre une douche et enfile un tee-shirt qui traîne sur une des étagères des mecs qui ont oublié leurs fringues chez elle après une nuit torride. Lorsque je me regarde dans le miroir de la salle de bain, je me rends compte que j'ai enfilé le même tee-shirt que Louise portait ce matin. Un des Guns'n'Roses.

Mon esprit divague vers elle et ce tee-shirt qui couvrait ses magnifiques jambes. Je revois notre course-poursuite dans son appartement, ses éclats de rire, la façon dont je l'ai possédée, dont j'aimerais encore la posséder. Et surtout la façon dont nous nous sommes quittés. Je sors de la salle de bain pour rejoindre Lily. L'odeur de café, d'œuf et de bacon me rappelle que je n'ai rien mangé depuis hier soir.

— Hé beau gosse ! Je pensais que tu allais rester toute la journée dans la salle de bain ! Joli tee-shirt !

— Ha ! Je te le rendrais plus tard…

Elle me fixe, je sais qu'elle ne va rien me demander, mais qu'elle veut savoir pour mon bien.

— J'ai été boire quelques verres dans le bar de Raph hier soir.

Elle me fixe toujours.

— J'ai bu, énormément, plus que de raison, en sortant, il a insisté pour que je lui donne les clés de la voiture et…

Elle se rapproche de moi, pose sa main sur la mienne.

— …. Il m'a dit une chose qui m'a fait repenser à cette soirée-là… Il m'a dit qu'il ne voulait pas que ça recommence encore une fois… Et…

— Je comprends Jonas. Je sais que c'est compliqué pour toi, mais je te l'ai toujours dit, tu es le frère que je n'ai jamais eu, et je ferai tout pour que tu retrouves enfin cette joie de vivre qui te caractérisait avant tout ça.

Je relève la tête vers elle. Mais qu'est-ce qu'elle raconte ? La joie de vivre ? J'étais un connard qui baisait tout ce qu'il croisait, qui passait ses journées à picoler et à chanter.

— La joie de vivre ? Mon cul ouais !

— Ce que je veux te dire, c'est qu'avant tout ça, tu étais épanoui Jonas ! Tu sortais, tu déconnais, tu jouais de la guitare, tu chantais comme un dieu tout autant que tu baisais à tour de bras ! Mais tu vivais merde !

Elle tape du poing sur la table, je sursaute.

— Mais réveille-toi bordel ! Il n'est plus là, mais toi oui ! Tu as encore tant de choses à apporter Jonas ! De chansons à écrire, à chanter ! De femmes à baiser ! De verres et des bouteilles à boire ! Mais arrête de te morfondre. Cela fait combien de temps maintenant ? Combien de temps que tu as arrêté d'être toi-même ?

Elle pleure. Je ne m'étais pas rendu compte de l'état dans lequel j'étais et surtout l'effet négatif que j'avais sur Lily. Je l'aime tellement que ça me fout la gerbe de la voir comme ça. Je me lève et la serre dans mes bras.

— Pardon, pardon ma Little Lil. Je t'aime tellement, tu sais. Je n'ai pas voulu te faire de mal, tout n'est pas si simple pour moi.

Après quelques minutes passées à se serrer l'un contre l'autre, nous nous asseyons pour manger enfin. Lily essaie de me changer les idées en me racontant sa soirée et comment elle s'est retrouvée assise sur ce comptoir avec une blonde entre les cuisses. Ce que j'apprécie chez elle c'est qu'elle a le don pour ne pas revenir en arrière. Nous ne revenons pas sur notre discussion. Je sais que c'est terminé et qu'elle ne va pas m'en demander plus. Après avoir mangé plus que de raison, je décide de rentrer tranquillement. Malgré tout, un doute m'assaille. Je repense à Louise, au fait qu'elle n'ait pas confiance en moi, à ce que je lui ai dit avant de claquer la porte de son appartement.

CHAPITRE 16

Louise

La sonnerie de mon téléphone me fait sortir de ma rêverie. Le rouge. Je souffle et réponds :

— Lina bonsoir, que puis-je faire pour vous satisfaire ?

La voix de Georges me fait sortir de ma torpeur et j'enfile au plus vite mon costume de Lina. Cela fait longtemps qu'il ne m'avait pas appelée, et le moins qu'on puisse dire, c'est qu'il avait un grand besoin ce soir. Après avoir discuté plus d'une heure avec lui, je file pour prendre une douche. Je décide d'arrêter de me prendre la tête avec tout ça aujourd'hui. Je me dirige vers la chambre avec une serviette enroulée autour du buste lorsque quelqu'un frappe à la porte.

— Oui ?

— Louise, c'est Jonas…

Je reste la main sur la poignée de la porte. Est-ce que j'ai envie de lui ouvrir ? De le voir ? Mon cœur balance, je ne sais pas, plus. Je n'ai pas envie de me battre, j'ai juste envie de me vider la tête, ne plus penser à rien.

— Louise, laisse-moi entrer…

Je reste immobile.

— Je veux juste voir comment tu vas…

Mes larmes coulent sur mes joues.

— Je vais bien Jonas, tu peux t'en aller.

— Louise…

— Je ne veux pas discuter avec toi de ce qu'il s'est passé ce matin, Jonas. Oublie tout ça !

Je sursaute lorsque son poing frappe contre la porte.

— Putain ! Mais pourquoi tu compliques tout ?

— Je suis fatiguée Jonas, rentre chez toi.

Après quelques minutes, je l'entends jurer et ses pas s'éloignent. Je ne sais plus quoi penser. Est-ce qu'il tient vraiment à moi ? Après m'être habillée, j'enfile mes baskets et sors m'aérer autour du lac qui se trouve à quelques pas de chez moi. Mes écouteurs sur les oreilles, je me laisse porter par la musique. Je décide de me vider la tête et de penser à autre chose. Je pense au dernier manuscrit que je viens de lire, aux modifications que je dois y apporter, à l'histoire. Deux heures plus tard, je suis assise sur mon canapé, mon manuscrit à la main à faire des corrections. Un SMS me fait lever la tête.

{Nous devons discuter de certaines choses Louise.}

Je souffle, je n'ai pas envie de discuter avec lui. Je veux oublier ce qu'il s'est passé.

{Je dois travailler.}

Voilà. Au moins c'est clair, net et précis. Je l'imagine se tenant l'arête du nez avec son pouce et son index. Je ne réponds pas et balance mon téléphone sur le fauteuil en face de moi. On n'est pas marié ! On a juste fait l'amour ! Mais qu'est-ce qu'il croit ? Que je ne vais pas pouvoir me passer de sa présence après ce qu'il s'est passé ce matin ?

Je me replonge dans mon manuscrit, mais après quelques minutes, mes pensées se tournent encore une fois vers Jonas. Je décide que je dois prendre mes distances. Mon cœur et ma raison sont partagés. D'un côté, j'ai aimé me retrouver dans ses bras ce matin, cette nuit, il m'a consolée, m'a fait rire, mais je sais qu'il est comme ça avec toutes les femmes qu'il baise ! Donc, ma décision est prise, je vais laisser Jonas loin de moi, et si nous nous retrouvons au même endroit, je ferai en sorte de l'éviter ou de l'ignorer. Voilà ! C'est aussi simple que ça. Mon téléphone vibre à nouveau. Je décide de ne pas répondre au cas où ce serait encore Jonas. Je me replonge dans mon manuscrit lorsque 20 minutes plus tard mon autre téléphone (le rouge) sonne.

— Lina bonjour, que puis-je faire pour vous satisfaire ?

— Bonjour Lina.

— Oh, Arthur, comment allez-vous ?

— Tu, Lina, tu… On fait aller.

— Une déception amoureuse Arthur ?

— Je ne tombe pas amoureux Lina, je baise, c'est tout.

— Alors un souci avec ta pimbêche ?

— Pas vraiment, on peut dire que c'est une partie en cours.

— Je vois, que puis-je faire pour te satisfaire Arthur ?

— Tu veux bien me raconter ta dernière expérience sexuelle Lina ? Une vraie ?

— Mais tout ce que je te raconte est vrai Arthur…

— Même celle du métro ?

— Oui ! C'est vraiment arrivé à un vieux monsieur !

— Raconte-moi Lina, ta dernière expérience sexuelle, aujourd'hui peut-être ?

Je suis sans voix. Comment peut-il savoir ? Non, il dit ça comme ça, il ne peut pas savoir, nous sommes deux inconnus.

— Que veux-tu savoir Arthur ?

— Tout, je veux tout savoir Lina, fais-moi bander comme tu sais si bien le faire…

Je réfléchis au plus vite, ce serait si simple de lui raconter ce qu'il s'est passé ce matin avec Jonas. Mais non, je me suis promis de garder mes expériences sexuelles pour moi, cependant, rien ne m'empêche d'imaginer la suite de ce qui aurait pu se passer ce matin avec lui avant que je le rejette…

— Très bien Arthur, alors mets-toi à l'aise. Nous sommes dans une cuisine, je prépare un café lorsque tu viens te coller à moi, tes mains se posent sur mon ventre, ton torse se colle à mon dos, ta tête sur mon épaule. Je peux sentir ton souffle dans mon cou, la bosse de ton boxer contre mes fesses.

— Hum, et ensuite Lina ?

— Ensuite, je me retourne et tes mains se posent sur mon visage, ta langue s'immisce lentement entre mes lèvres… Je les ouvre pour te laisser libre accès. Nos langues dansent, s'effleurent, se caressent… Je pose mes mains sur ta taille, tu es torse nu, tu frissonnes… Tes mains passent sous mon tee-shirt, me caressent, tes mains sont froides, elles prennent mes seins qui se dressent vers ton corps. Je sens ton sexe contre moi… Dur… Tendu… Mes mains descendent sur ton boxer, caressent ton sexe à travers le tissu. Tu me mordilles les lèvres, tu grognes lorsque ma main passe à l'intérieur et qu'elle libère ton sexe érigé fièrement vers moi.

— Très intéressant Lina…

— Arthur, je le prends dans ma main, je le caresse, fais des va-et-vient, ma langue quitte ta bouche, descends sur ton corps en te léchant, te mordillant les tétons, le torse, le ventre, ton bas ventre…

— Hum, ne t'arrête pas Lina…

— Je le prends en bouche, le lape, le lèche, l'aspire, le suce… Tu fais des va-et-vient de plus en plus rapides…

— Je baise ta bouche…

— Oui, tes mouvements se font plus rapides, mais j'ai envie de te sentir en moi, que tu me possèdes, je me relève et t'embrasse à pleine bouche, tu m'enlèves mon tee-shirt et me retournes contre le comptoir. Tes mains descendent ma culotte pour découvrir mes fesses tendues vers toi. J'ai envie de toi en moi Arthur, de tes mains sur moi…

— Mes mains attrapent tes seins tendus pendant que tu diriges mon sexe vers le tien.

— Oui Arthur, tu entres en moi d'une poussée, je sens ton souffle sur mon cou, tu me baises, nos peaux claquent, tu accélères tes mouvements, je dois me tenir au comptoir pour ne pas tomber, mais j'aime ça, lorsque tu me possèdes sauvagement…

— Hum… je relève ta jambe sur le comptoir pour avoir meilleur accès à ton intimité…

— Je te sens plus profondément en moi, nos corps ne font qu'un, tes doigts se glissent sur mon intimité et entament des mouvements… Je sens une vague de jouissance puissante…

— Je sens ton sexe se contracter autour du mien, tout ton corps est pris de tremblements incontrôlables, je jouis à mon tour… Je t'embrasse, je suis bien…

— Très bien… Arthur ?

— Ouaou… C'était si…

— Si quoi Arthur ?

— Réel…

— Passe une bonne soirée Arthur. À bientôt.

— À bientôt Lina…

CHAPITRE 17

Jonas

Je raccroche. Elle a le don pour me faire de l'effet ! Je pense immédiatement à ce matin, avec Louise, si elle ne m'avait pas repoussée, cela aurait pu se passer comme ça entre nous. Je n'arrive pas à la suivre, tant de choses se bousculent dans ma tête. D'abord, nous passons une bonne soirée, je la console cette nuit, ensuite nous baisons ce matin, c'était si bien. Je ne comprends pas comment une femme comme elle peut se rabaisser de la sorte. Je la trouve magnifique, et lorsque je lui dis, elle ne me croit pas. Est-ce que je suis un tel connard à ses yeux qu'elle ne me croit pas lorsque j'affirme la trouver belle ? Ensuite, elle me repousse parce qu'elle a trouvé ça « trop bien ». Elle a peur d'aller trop vite avec moi parce qu'elle a apprécié nos moments et après elle me jette en me disant que je suis un homme qui aime les femmes et en profite.

Je jette mon téléphone et me masse les tempes. Je dois réfléchir, mais je n'arrive pas à aligner deux pensées cohérentes. Je ne sais plus où j'en suis. Louise m'attire depuis toujours. Son côté pimbêche me déplaît, mais lorsque nous ne sommes que tous les deux comme ce matin, lorsqu'elle ne se prend pas la tête, je la trouve géniale. J'aime être avec elle, j'ai envie de la revoir. Mais ce n'est apparemment pas réciproque et ça me fatigue. Mais je ne vais pas faire le toutou à sa mémère, ce n'est pas mon genre. Si elle veut de moi, elle n'aura qu'à venir elle-même. Après tout, je ne me suis jamais abaissé devant une femme et ce n'est pas maintenant que cela va commencer. Elle m'a renvoyé chier, qu'elle aille se faire foutre.

J'ai besoin d'un verre et d'une bonne baise. Lina m'a donné envie de terminer ce que nous avons commencé ce matin avec Louise. J'appelle Jim et Little Lil pour nous rejoindre à la salle. Des potes à nous jouent ce soir, ça va me changer les idées. À peine ai-je passé la porte que je me laisse happer par l'ambiance. Il fait chaud, il y a du monde, on se bouscule un peu pour avancer, ça sent la clope et l'alcool, les gens se remuent sur la musique que joue le groupe sur scène. Ils font des reprises de plusieurs groupes de rock que j'aime. J'aperçois Little Lil qui me fait de grands signes. Elle est déjà très grande, mais elle l'est encore plus, perchée sur ses talons de plus de 15 cm. Tous les hommes ont le regard tourné vers elle, comme d'habitude. Je les rejoins et me rends compte qu'en plus de Jim, il y a les autres gars du groupe ainsi que quelques potes qui suivent les concerts de Lily et qui étaient avec nous l'autre soir. Je commande un whisky et le bois cul sec. J'en commande un autre lorsqu'une voix m'interpelle :

— Tu as l'intention de boire tout seul ?

Je me retourne pour admirer de plus près mon amie. Je me retourne vers le barman et lui commande deux whiskies.

— On a quelque chose à fêter beau gosse ?

Je lève mon verre vers elle :

— J'ai envie de me lâcher ce soir… Tu me suis ?

— Bordel de merde ! Mais carrément !

Elle trinque avec moi et nous buvons nos verres cul sec. Jim nous rejoint pour se lâcher lui aussi avec nous, trop content que je retrouve enfin la civilisation. Après plusieurs verres…

— Putain… Jonas… Suis… Trop… C'est… Tu vois ?

— Trop… Défoncé ? J'explose de rire avec Lily.

— Nan ! Heureux mec ! Il boit son verre d'une traite.

Je le suis et enchaîne encore les verres. Je ne sais pas depuis combien de temps nous sommes là, mais je me sens bien. Est-ce l'effet de l'alcool ? J'aperçois une femme qui ressemble à Louise, ce n'est pas possible, j'ai dû trop picoler, elle s'avance vers nous. Lily la serre dans ses bras ainsi que Jim. Lorsqu'elle s'approche de moi, elle a un moment d'hésitation, je ne lui laisse pas le temps de réagir. Je lui tourne le dos et me barre devant la scène. Il est hors de question qu'elle me gâche ma soirée.

J'ai envie de me défoncer et de baiser… Comme avant… Comme lorsque tout était normal et que mon frère venait nous rejoindre en fin de soirée pour souvent me ramener chez nous. Je relève la tête vers le groupe qui vient d'entamer une reprise de System of a Down, tout à fait ce dont j'avais besoin pour me défouler ! Les personnes autour de moi commencent à bouger au rythme des riffs de guitare, c'est le pied. Lorsque la musique accélère, je ne peux m'empêcher de foncer dans le tas et de me retrouver au milieu du pogo. J'oublie tout, mon frère, mes potes, Louise, Lina… Ils enchaînent sur d'autres chansons de ce groupe que j'adore. Après trois ou quatre morceaux, je repars au bar pour étancher ma soif. Après deux shoots de vodka, je vais mieux. Il faut que je trouve quelqu'un à baiser. Je vois Jim qui se colle à Louise : parfait ! Lily s'y met aussi ! Encore mieux ! Avec un peu de chance, elle va finir au pieu avec les deux ! Je me marre de ma connerie lorsqu'ils se retournent vers moi.

— Quoi ?

— Tu peux me dire pourquoi tu es pété de rire Jonas ?

Lily se penche vers moi en titubant. Je décide de lui répondre fort, très fort pour que Louise et Jim puissent entendre. Je lui hurle :

— Parce que je viens de me dire que Jim allait être le plus heureux des hommes ce soir avec vous deux dans son lit !

Je me retourne vers lui.

— Qu'est-ce que tu en penses ? De toute façon, tu as déjà baisé les deux non ?

Louise qui avait gardé le dos tourné se retourne d'un geste vers moi. Je la fixe droit dans les yeux.

— Ben quoi ? Lily n'est pas ton genre ? Tu devrais essayer ! Ça te décoincerait un peu ! La blonde de ce matin n'avait pas l'air de s'en plaindre ! Hein Lily ?

Louise a la bouche grande ouverte. Jim et Lily, qui sont autant pétés que moi, explosent de rire en même temps. Je me rapproche de son oreille et lui murmure :

— Tu devrais fermer cette jolie bouche, un mec pourrait avoir envie d'y enfourner sa queue… je lui mords le lobe de l'oreille avant de me reculer.

Elle me fixe sans rien dire, mais ses yeux me fusillent. Les autres personnes qui nous accompagnent nous rejoignent en nous bousculant. Je les rejoins autour d'un énième verre.

Je sens son regard brûlant sur moi, mais je fais en sorte de ne pas la calculer. Après tout, elle m'a jeté ce matin même. Je continue de l'ignorer lorsque je repère une blonde qui n'arrête pas de me mater depuis tout à l'heure. Je m'écarte un peu du groupe et décide d'aller l'aborder. Elle est plutôt bien foutue, ce n'est pas du tout mon style, mais je dois montrer à Louise qu'elle a raison, que je baise tout ce qui bouge. Je l'accompagne vers un couloir qui mène aux toilettes et nous trouvons un endroit sans trop de passage. En moins de deux, elle est à genoux devant moi, je ferme les yeux et ce sont les traits de Louise qui se dessinent devant eux. Je me revois lui baiser la bouche, comme au téléphone tout à l'heure. J'accélère le mouvement et un éclat de rire me fait ouvrir les yeux, je vois au loin Jim accompagné de Louise qui fixe la femme à mes pieds. Mes yeux accrochent les siens, elle ne peut s'empêcher de me dévisager aussi.

Alors que les autres repartent vers le bar, elle continue et se dirige vers les toilettes des femmes. Parfait ! Je relève la blonde et la mène vers les toilettes des femmes elle aussi… Une des toilettes est libre, j'entre avec la blonde sans fermer la porte. Je souris en retournant la femme face contre le mur, je lui relève sa robe sur les hanches, repousse son string sur le côté, mets un préservatif et m'enfonce en elle d'une poussée. Elle gémit sous mes coups de boutoir. La chasse d'eau des toilettes à côté m'indique que Louise a terminé. Elle passe devant la porte et son regard s'accroche au mien. Je baise la blonde, mais c'est Louise que je fixe. J'aimerais qu'elle comprenne que je baise différemment avec les autres. Je repense à ce matin lorsque j'étais en elle alors que je continue de pénétrer sauvagement ma compagne d'un soir jusqu'à la jouissance. Je me retire d'elle, remonte mon boxer, attache mon jean et repars sans un regard. Je me dirige vers Louise qui ne m'a pas quitté des yeux. Lorsque j'arrive à son niveau, je lui lance méchamment :

— Un problème ?

Ses yeux me scrutent, mais ont du mal à rester fixes, elle est complètement pétée, tout comme moi… Elle monte sur la pointe des pieds pour essayer de se mettre à ma hauteur ce qui est vain, car je fais au bas mot deux têtes de plus qu'elle. Je me penche vers elle lorsqu'elle enfonce son index dans mon torse, plus pour se retenir de tomber qu'autre chose...

— Jonas, je me rends compte d'une chose ce soir...

Je me penche un peu plus vers elle en avançant pour me coller à elle.

— J'avais raison, tu es vraiment qu'un gros...

— Tu veux mon numéro ? me demande la blonde en passant sa main sur mon bras.

Je me retourne vers elle et lui lance :

— J'ai perdu mon téléphone, mais on va sûrement se recroiser. Tu peux bouger...

Elle me fixe alors que je me retourne vers Louise.

— Alors je suis vraiment qu'un gros quoi Louise...

Je m'avance toujours vers elle alors qu'elle se recule contre les lavabos avec son doigt toujours posé sur mon torse.

— Un gros connard imbu de sa personne...

OK ça fait mal, mais c'est vrai. Elle appuie son index un peu plus sur mon torse. Je lui attrape le doigt et le mets dans ma bouche. Elle paraît surprise de mon geste. Elle essaie de le retirer, mais je le maintiens et me mets à l'aspirer et le lécher, à jouer avec mon piercing tout en plongeant mon regard dans le sien. J'ai autant envie de lui faire du mal que de la prendre là sur le lavabo. Je me rapproche d'elle et lui susurre :

— Il me semble que tu as apprécié ce matin d'avoir un connard entre tes cuisses qui te fasse trembler de jouissance...

Elle cligne plusieurs fois des yeux puis se rapproche de mon oreille.

— Mais ce n'était qu'un connard parmi tant d'autres Jonas…

Je me relève et la fixe. Putain, elle retourne la situation. La porte s'ouvre sur Lily :

— Enfin trouvés ! Vous alliez baiser ou quoi ? Parce que je veux bien en être hein Jonas ? Tu me prêteras Louise dis ?

J'éclate de rire devant la tête de Lily. On dirait une gamine qui veut que je lui prête mon jouet. Je passe mon bras par-dessus son épaule et lui dit bien fort :

— J'ai fini de jouer Lily, tu peux faire ce que tu veux avec elle…

Je vois Lily qui éclate de rire et Louise qui ne sait plus où se mettre jusqu'à ce que son regard croise le mien. Elle s'avance vers nous, en nous regardant chacun notre tour. Puis elle se dirige vers Lily qui la fixe, lui fait signe de se rapprocher d'elle et l'embrasse à pleine bouche. Putain ! Je suis sur le cul ! Elle embrasse Lily devant moi et ses yeux couleur miel me lancent un regard de défi. Ses mains passent sur la taille de Lily, puis sous son tee-shirt… Il faut que je sorte, je ne veux pas voir la suite.

CHAPITRE 18

Louise

Je me réveille en sursaut dans une chambre qui n'est pas la mienne. J'essaie de me remémorer ma soirée, mais tout devient flou. Une odeur de petit-déjeuner fait gargouiller mon estomac, mais où est-ce que j'ai passé la nuit ? Et surtout avec qui ? Je ferme les yeux et me prends la tête entre les mains. Je revois Jonas qui baise une blonde dans les toilettes tout en me fixant. Il n'a même pas daigné la regarder, ce n'était qu'un morceau de chair à sa disposition, au moins avec moi, il me regarde, me parle et me désire. Mais qu'est-ce que je raconte ? Nous sommes toutes pareilles pour lui.

Je revois mon doigt dans sa bouche avec lequel il joue avec son piercing, mon envie de lui en coller une et celle de lui sauter dessus pour l'embrasser. Lily, sa bouche, je l'ai embrassée, c'était si sensuel, si bon. Sa langue percée qui joue avec la mienne, ses caresses, ses doigts sur mon ventre, sur mes seins… Quelqu'un qui vient nous interrompre, nous rejoignons les autres, Jonas et Jim sont sur scène. Je ne peux quitter des yeux Jonas qui joue de la guitare, les larmes de Lily qui coulent sur ses joues en le regardant, son sourire aussi. Celui d'une petite sœur pour son grand frère. D'autres verres, je serre quelqu'un qui pleure dans mes bras. Un homme, Jim ? Jonas ? Un autre ?

La porte s'ouvre sur Lily qui est vêtue d'un grand tee-shirt de I IDiavoli et d'un minishort.

— Aller lève-toi ! Je crève la dalle moi !

Je ne sais pas quoi répondre :

— Heu ouais…

Elle se retourne et sort. Je me lève et prends un tee-shirt des Gun's N Roses sur une chaise. Il m'arrive à mi-cuisse. C'est le même que celui que j'ai à la maison, je l'adore, il était à Loukas.

Quelle n'est pas ma surprise lorsque je vois Jim et Jonas avachis sur le comptoir de la cuisine avec une assiette devant leur nez ainsi qu'une tasse fumante. Jim m'accueille avec un grand sourire alors que Jonas ne daigne pas m'accorder un regard. Lily rit en me voyant :

— Oh ! La belle au bois dormant ! Joli tee-shirt ! N'est-ce pas Jonas ?

Il relève les yeux sur moi et hausse un sourcil en lui souriant pour ensuite replonger son nez dans sa tasse.

— Mais il est plus sexy lorsque c'est Louise qui le porte !

Alors c'était ça, cette odeur lorsque j'ai passé le tee-shirt ? Celle de Jonas. Jim se tourne vers moi et me tend une tasse de café fumante.

— Alors, tu as passé une bonne nuit ?

— Heu… Oui, je crois. Je les regarde tour à tour sans savoir quoi répondre d'autre.

— En fait, elle se demande avec lequel de nous trois elle a baisé…

La voix de Jonas s'est faite tranchante. Je relève les yeux vers lui paniquée.

— Mais non ! Pas du tout ! Je sais très bien avec qui j'ai terminé la soirée !

— Avec qui ou avec quoi ? me demande Lily avec un petit sourire en coin.

Ho merde, il faut vraiment que j'arrête de repousser mes limites lorsque je bois. Jim se lève et entre dans la chambre d'où je sors. Il revient avec un traversin qu'il me tend. Je lève un sourcil en essayant de deviner où est ce qu'il veut en venir lorsqu'il me dit :

— Je te présente ton compagnon de la nuit. Tu le tenais comme rempart, contre nous, j'imagine !

— C'est une blague ?

— Non ! Je t'assure.

Il se rapproche de moi et me tend son téléphone ou vient de s'afficher une photo de moi en train d'étreindre le traversin comme s'il était mon homme. Je deviens rouge écarlate, je ne sais plus où me mettre. Jusqu'à ce que Mr Connard refasse surface :

— Et ouais mec ! Elle a deux magnifiques queues sous le coude et une langue qui sauraient la faire jouir en deux secondes, mais elle préfère étreindre un traversin toute la nuit…

Il ricane de sa connerie. Je commence à en avoir marre de ses allusions à deux balles.

— De ce que je sais, Jim a une magnifique queue, quant à Lily, j'ai pu tester sa langue hier soir… Mais toi, qui me dit que tu en as une aussi magnifique que celle de Jim ?

Lily et Jim éclatent de rire alors que Jonas me fixe comme s'il allait me bouffer. Il sait très bien que je le provoque, car nous ne sommes pas censés avoir fait quoi que ce soit ensemble et apparemment, il n'est pas prêt à le divulguer à ses potes. D'ailleurs ils se lèvent avec leur café et leurs viennoiseries pour aller sur le balcon finir leur petit-déjeuner et fumer une clope. À peine ont-ils passé la porte que Jonas se lève et se dirige vers moi tel un prédateur sur sa proie.

— Louise, très chère Louise…

Je me recule lentement ne voulant pas qu'il m'approche, mais il continue son avancée.

— Alors comme ça, tu ne sais pas si ma queue est aussi magnifique que celle de Jim ? Pourtant, tu l'as touchée… Tu l'as serrée entre tes doigts… Tu as senti sa chaleur… Tu l'as prise en bouche… Tu l'as sucée… Tu l'as mordillée… Tu l'as aspirée… Et tu ne te souviens plus ? Aurais-tu besoin d'un petit rappel Louise ?

Il me dit tout ça très lentement, je ne vois que ses yeux gris et son corps de prédateur qui fond sur moi comme la pauvre petite proie intimidée que je suis.

La porte de la chambre est dans mon dos et Jonas face à moi a posé ses deux mains de chaque côté de ma tête. Sa bouche n'est qu'à quelques centimètres de la mienne. Sa main descend et appuie d'un coup sec sur la poignée de la porte qui s'ouvre brutalement sous notre poids. Jonas me rattrape en passant son bras derrière mon dos, et moi en m'accrochant à lui. Il avance avec moi dans ses bras et referme la porte avant de me coller le dos dessus. Il ne me laisse pas le temps de réagir et plonge sur ma bouche.

Je veux résister, mais mon corps répond à son assaut en lui rendant son baiser. Ses mains passent sous mon tee-shirt, sur mes fesses, mes cuisses, il me soulève et mes jambes s'enroulent naturellement autour de sa taille. Je sens son sexe tendu contre le mien. Je ne peux m'empêcher de gémir sous ses gestes brusques. Il me soutient d'un bras alors que sa main baisse son boxer. Il écarte mon dessous sur le côté, je pousse un petit cri lorsqu'il s'enfonce en moi brusquement. Mon dos repose sur la porte, mes mains s'accrochent à lui tant bien que mal alors qu'il continue de me posséder brutalement. J'ai l'impression qu'il a besoin de me prouver quelque chose, qu'il veut que je me souvienne de ce moment, de nos corps impatients qui se répondent comme s'ils avaient toujours été faits l'un pour l'autre. Il m'embrasse le cou, le suce, l'aspire. Je sens son souffle sur moi, il grogne comme un animal. Une de mes jambes se pose au sol sous ses assauts. Il se retire et me retourne face à la porte sans aucune douceur. Il soulève mes fesses vers lui et s'enfonce encore une fois en moi. Mes mains sont posées sur la porte afin de ne pas perdre l'équilibre, les siennes sont sur mes hanches, elles me serrent, me font mal, mais je sais qu'il ne s'en rend pas compte, qu'il ne me ferait pas de mal intentionnellement. Il passe une main sous mon tee-shirt pendant que l'autre passe sur mon cou en me relevant vers lui. Son torse est contre mon dos, je sens son souffle court dans mon cou, je prends ses doigts en bouche et les suce avidement. Il accélère encore, je me retiens de crier de peur que Lily et Jim ne soient revenus à l'intérieur, mais je ne peux retenir mes gémissements qui augmentent au rythme de la cadence imposée par Jonas. Mon bras passe par-dessus ma tête pour attraper celle de Jonas, j'ai envie de l'embrasser. Je tourne la tête et sa bouche s'empare de la mienne tout en continuant de me posséder. Une vague de chaleur monte en moi, mon corps est pris de tremblements, mes jambes ne me portent plus. Jonas ralentit le mouvement, tout en me maintenant. Lorsque mon corps cesse petit à petit de trembler, il se retire, me retourne vers lui et m'embrasse à pleine bouche. S'il pouvait se fondre en moi, il le ferait, son corps chaud se colle au mien, ses mains ne cessent de parcourir mon visage, mon corps, ma peau, puis il me fixe et appuie sur ma tête. Je descends vers son sexe érigé et le prends en bouche tout en fixant ses magnifiques yeux gris.

Je repense à la conversation que j'ai eue hier soir avec Arthur, à lui qui voulait baiser ma bouche. Je passe une main derrière ses fesses musclées et l'autre s'active sur son sexe. Ses mains se posent dans mes cheveux, il accélère encore, il baise ma bouche. Je relève les yeux, pour voir le pouvoir que j'ai sur lui en cet instant précis. Il est si beau, la tête penchée en arrière, les yeux mi-clos lorsque l'orgasme le possède. Je continue mes mouvements jusqu'à ce qu'il ouvre les yeux et me regarde. Je remonte vers sa bouche et l'embrasse afin qu'il ait le goût de sa semence sur la langue. Il attrape mes cheveux et tire ma tête en arrière en me fixant intensément :

— As-tu ta réponse maintenant, Louise ?

Je me fige, il se fout de moi ! Ce n'est pas possible, il me cherche. Comment peut-il être toujours aussi connard et imbu de sa personne après ça ? Il n'aura pas le dernier mot. Je me détache de lui, je m'essuie la bouche lentement avec ma manche en le regardant droit dans les yeux et en penchant la tête sur le côté.

— Je ne sais pas Jonas.

Je me lèche les lèvres.

— Ça fait si longtemps avec Jim…

Il me fixe en fronçant les sourcils, je jubile à l'intérieur, car je sais que malgré tout ce qu'il dit, il a apprécié ce moment tout autant que moi.

— Je vais devoir lui proposer de remettre ça afin de pouvoir comparer objectivement ! Et puis je ne suis qu'une salope non ?

J'éclate de rire en me dirigeant vers la porte. Il démarre au quart de tour et me rattrape in extremis avant que je ne l'ouvre. Il me plaque contre elle, une de ses mains se pose sur mon cou, l'autre sur ma hanche. Sa bouche effleure la mienne, je sens son souffle chaud lorsqu'il me susurre :

— Ne joue pas avec le feu Louise, tu pourrais te brûler…

Je m'avance vers sa bouche et lui mords la lèvre, il se recule et porte la main à sa lèvre où perle une goutte de sang. Ses yeux gris me transpercent et avant qu'il ne s'avance vers moi, j'en profite pour passer la porte rapidement en laissant Jonas seul dans la chambre.

Je me retrouve dans la cuisine où il n'y a personne. J'entends les rires de Lily et Jim sur le balcon. Je vais les rejoindre avec un café que je viens de faire couler. Dès qu'ils m'aperçoivent, ils se tournent vers moi, me regardent, se regardent, mais ne font aucune remarque. Je m'assois avec eux et ils me racontent enfin comment leur soirée a failli mal finir avec un pote à eux qui hurlait au groupe sur scène que le chanteur était nul et que Lily chantait mille fois mieux que lui. Je continue d'écouter leurs histoires lorsque Jonas fait son apparition, beau comme un dieu, les cheveux mouillés en bataille, torse nu, des gouttes qui coulent encore sur son torse tatoué, un jean taille basse brut, pied nu…

— Louise, ferme la bouche, me souffle Jim.

Je sursaute et il me fait un clin d'œil alors que Lily se lève et le prend dans ses bras. Il ferme les yeux et l'enlace également. J'assiste à cette scène sans comprendre vraiment. Je me tourne vers Jim qui hausse les épaules comme s'il avait l'habitude d'assister à cette scène.

— Tu es toujours aussi canon !

Elle lui fait une bise sur la joue. Ils sont aussi grands l'un que l'autre. Lily a vraiment une attitude de sœur envers lui, voire même de mère. Je me demande d'où cela vient. Perdue dans mes pensées, je n'ai pas entendu le début de la conversation, mais Jonas a élevé la voix ce qui me fait sortir de ma rêverie.

— Lâche-moi avec ça ! J'étais défoncé ! C'était juste un trip de mec bourré c'est tout !

— Mais tu n'as pas vu comment les gens te regardaient ? Et toi ! Mais tu resplendissais !

— Toujours les grands mots !

Jim se lève d'un bond. Je me retourne vers Lily :

— Qu'est-ce qu'il lui prend ?

Lily se retourne vers Jonas tout en s'adressant à moi.

— Il se trouve, qu'il était sur scène lui aussi hier soir et qu'il a adoré se retrouver à nouveau à jouer avec Jonas, qu'il était tellement ému en sortant qu'il s'est lâché et a pleuré en me disant combien il aimerait revenir en arrière, que son pote d'avant lui manque, que le connard lui manque, que le musicien et le chanteur lui manquent…

J'observe Lily qui fixe Jonas. Celui-ci a les coudes sur les genoux, les mains sur les yeux, il se masse les tempes. Je sursaute lorsque Jim apparaît avec une tablette dans les mains. Il la jette à Jonas qui la récupère in extremis.

— Appuie sur Play.

Jonas le regarde interrogateur alors que Lily s'avance vers lui et appuie à sa place. Je me rapproche discrètement de lui pour pouvoir observer ce qu'il voit. Je vois d'abord son visage changer, il fronce les sourcils, il lève la main, mais Jim lui crie :

— N'y pense même pas ! Regarde !

Jonas fixe l'écran, il se regarde chanter, c'était sur la scène hier soir. Il chante une chanson de *Rag'n'bone man* : Lay my body Down. Sa voix est magnifique, il est sur la scène, tout le monde s'est arrêté de bouger ou de parler dans le bar. Tous l'observent. Je ne peux détacher mes yeux de son visage, il a un tel charisme, c'est hypnotisant. Sa voix est rauque, profonde, posée. Puis je me rends compte de ce qu'il chante…

All I'm looking for
Tout ce que je recherche
Is a little bit more rope
C'est un peu plus de corde
To wrap around my throat
À enrouler autour de ma gorge
I'm in trouble
Je suis mal
I'm in trouble
Je suis mal
And all I'm gasping for
Et tout ce à quoi j'aspire
Is one last breath of hope
C'est un dernier souffle d'espoir
To hear the hearts I broke
D'entendre les cœurs que j'ai brisés
I'm in trouble
Je suis mal
I'm in trouble
Je suis mal
When you lay my body down
Quand vous allongerez mon corps
When you throw me in the ground
Lorsque vous me jetterez en terre
Don't be sorry
Ne soyez pas désolés
When you lay my body down
Quand vous allongez mon corps
When you throw me in the ground

Lorsque vous me jetterez en terre
Save your prayers
Gardez vos prières
Don't shed a tear
Ne versez pas une larme
Don't shed a tear for me
Ne versez pas une larme pour moi

Mes yeux ne peuvent se détacher de son visage, mais pas celui à travers l'écran, non, celui qui se trouve devant moi. Mes larmes coulent, en l'écoutant chanter, je peux ressentir toute la douleur qu'il éprouve, qu'il cache au fond de lui. Les applaudissements et les cris retentissent, il enchaîne sur une autre chanson, tout aussi noire, mais magnifiquement bien chantée : *The sound of Silence*, de Simon et Garfunkel mais la version de Jonas est très prenante, à la façon du groupe *Disturbed*. Noir et profond. Je frissonne.

Ma main se pose d'instinct dans le dos de Jonas, j'ai besoin de le toucher. Il ne relève pas la tête, il ne l'enlève pas. Mes larmes coulent toujours, je ferme les yeux et suis retournée de l'entendre chanter ainsi. Il me raconte une histoire, prenante, sa voix est éraillée par moments. J'ouvre les yeux et croise le regard gris de Jonas, je me perds dedans, j'ai juste envie de le prendre dans mes bras, de le réconforter, je veux qu'il ressente ce que je ressens lorsque je l'entends chanter à travers mon regard. Mes doigts forment des arabesques dans son dos, je sens des frissons sur sa peau. Je relève les yeux pour me rendre compte que Lily et Jim ont disparu. Dois-je le laisser seul aussi ? Lorsque les cris et les applaudissements surgissent de la tablette, nos regards se portent sur les images que nous envoie celle-ci. Et nous découvrons que Lily, et les autres personnes de notre groupe montent sur scène pour rejoindre Jonas et Jim. Ils se serrent tous dans les bras, je peux apercevoir les larmes de Lily sur son visage, et les yeux brillants de Jonas lorsque celle-ci le serre dans ses bras… Et là, ils entonnent une chanson de la Mano Negra : *Darling*.

Je reviendrais un jour chez toi/pour te serrer fort dans mes bras/je reviendrais un jour chez toi/pour te serrer fort dans mes bras/tu es partie un beau matin/maintenant je suis plein de chagrin/et j'entends, j'entends au loin/le cri du dernier train/…

Ils ont presque tous des guitares à la main et chantent cette chanson à tue-tête ! C'est juste énorme, ils s'éclatent. Je me retourne vers Jonas et vois qu'il sourit, je crois que c'est bien la première fois que je le vois sourire ainsi. Je décide de me lever pour le laisser un peu seul.

— Je chante si mal que ça ? Sa voix est enrouée. Je t'ai vue pleurer…

Je me retourne, il a un petit sourire en coin.

— Non, je pleurais parce que j'ai ressenti ta tristesse et ton désarroi. Et ta voix, mon dieu !

— Pfft ! On dirait Lily ! J'étais juste un mec bourré qui chantait avec une guitare à la main !

Il se lève, jette la tablette sur le banc sur lequel il était assis et rentre. Des éclats de voix se font entendre dans le salon, ils se hurlent dessus.

— Arrêtez de me casser les couilles ! Je ne rechanterais plus sur scène ! Plus sans lui ! Même si je dois arrêter de picoler pour ne pas recommencer ma connerie d'hier soir !

La porte claque. J'attends quelques minutes et retourne à la cuisine. Lily est dans les bras de Jim, ils pleurent tous les deux. Je ne sais pas vraiment quoi faire, j'ai du boulot, je dois rentrer de toute façon. Je me faufile jusqu'à la chambre, enfile mon jean et reviens vers Lily et Jim. Ils sont assis sur le canapé en pleine discussion, ils se retournent vers moi.

— Désolé pour cette scène ma belle, me dit Jim.

— Je comprends, ne t'en fais pas.

— Tu sais, on a juste voulu lui montrer quel pouvoir il avait avec sa voix. Tu l'as entendu ? Je crois qu'il est le seul à ne plus y croire…

Je décide de creuser un peu plus.

— Depuis quand avez-vous arrêté de jouer ?

Lily et Jim se regardent. Lily fait un signe négatif à Jim, mais il hausse les épaules.

— Depuis trois ou quatre mois, je dirais. Il a perdu quelqu'un de très proche, il se reproche son décès, depuis ce jour, il n'a plus jamais été le même. Il s'est enfermé dans ce costume de mec aigri, connard, qui ne sort plus de chez lui pour sortir avec nous, qui ne baise plus, qui n'a plus de vraie relation, et surtout qui ne veut plus toucher à sa guitare ou à des partitions.

Lily lui frotte le dos, je dois sortir d'ici. Une main se pose sur la mienne. Lily.

— Tu sais ma jolie, je pense que seule toi pourrais le faire sortir de sa coquille…

— Tu plaisantes ? Il me déteste !

— Chérie, on ne baise pas plusieurs fois avec une femme qu'on déteste !

— Mais, qu'est-ce que… ?

Elle me sourit, je ne comprends pas. Est-ce que Jonas lui en a parlé ? Non, impossible.

— Ne cherche pas, disons que je suis observatrice. Et je sais que tu lui plais.

Mais qu'est-ce qu'elle raconte ? Je sens le regard de Jim sur moi, lorsque je tourne la tête vers lui, il regarde ailleurs.

— Je dois partir…

— Fais attention à toi, ma belle.

Lily se lève et me serre dans ses bras, Jim se lève à son tour et me serre dans ses bras en me chuchotant :

— Je suis là, si tu as besoin…

CHAPITRE 19

Jonas

Je suis allongé sur mon canapé, une bouteille de whisky à la main que je porte une nouvelle fois à mes lèvres. Je la termine et la jette sur le tapis. Je ferme les yeux et essaie de me remémorer la soirée d'hier. Mais surtout le moment où je monte sur scène. Comment est-ce que j'ai pu être aussi con pour faire ça ? Je devais vraiment être défoncé. Lorsque Jim m'a montré cette vidéo ce matin, je n'y ai pas cru, et pourtant, c'était bien moi sur cette scène, c'était ma voix, c'étaient mes mains qui jouaient sur cette guitare. Je revois tous ces regards posés sur moi, toute l'émotion qu'ils ressentaient, était-ce à cause de moi ? J'ai des bribes de souvenirs, Little Lil et ses yeux brillants, Jim et son sourire plaqué sur son visage pendant le peu que nous avons joué.

Mais je me souviens aussi de l'avoir cherché du regard lors du dernier morceau, je l'ai cherché, j'ai cherché son sourire, j'ai cherché ses bras qui me serraient habituellement, j'ai cherché sa chaleur, j'ai cherché son : — Putain ! Trop bien mon frère, je l'ai cherché sans jamais le trouver, je n'ai trouvé qu'un vide immense toujours aussi ingérable pour moi.

J'ai besoin de me changer les idées et je connais une personne qui va me permettre de ne plus penser à tout ça.

— Lina bonsoir, que puis-je faire pour vous satisfaire Arthur ?

Je souris en entendant sa voix.

— Bonsoir Lina, est-ce que tu pourrais dans un premier temps arrêter de me demander ce que tu pourrais faire pour me satisfaire ?

— Pourquoi ? Tu m'appelles bien pour ça non ? Pour que je te fasse oublier ton quotidien ?

— Sûrement.

— Alors, dis-moi Arthur…

— Je me demandais, est-ce que tu as déjà perdu quelqu'un de proche, Lina ?

— …

— Lina ?

— Arthur, je ne suis pas sûre d'être la bonne personne…

— Pourquoi ?

— Nous ne nous connaissons pas, et…

— Justement ! Cela devrait être plus simple non ? Alors qui ?

— Je ne peux pas Arthur, je ne parle pas de ma vie personnelle avec mes clients.

— Oh, tes clients…

Je suis un peu décontenancé, j'avais tellement besoin de parler de lui et du manque que j'éprouve en son absence.

— Mais si tu veux, tu peux me parler de cette personne, Arthur.

— Laisse tomber Lina. Raconte-moi plutôt quelque chose pour oublier.

—Et pourquoi n'inverserait-on pas les rôles aujourd'hui ? Raconte-moi ta dernière expérience sexuelle, Arthur.

Je souris lorsque je pense à ce matin avec Louise et qu'elle m'a comparé à Jim !

— Très bien. Ce n'était pas plus tard que ce matin Lina.

— Oh, tu étais chez elle ou elle était chez toi ?

Je ris.

— Ni l'un ni l'autre ! Nous étions chez des amis.

— Oh ! Tu as dû passer une nuit torride aussi, j'imagine.

— Même pas ! J'ai dormi seul…

— Comment se fait-il qu'un homme tel que toi ait dormi seul ?

— Je te l'ai dit Lina, je ne suis pas l'homme le plus sociable du monde ces temps-ci.

— Alors, raconte-moi Arthur.

— Alors pour te résumer la chose, elle m'a cherché, et je lui ai montré que ma queue était aussi bien, voire même mieux que celle d'un autre…

— Et comment t'y es-tu pris pour lui montrer Arthur ?

— Je l'ai baisée sans ménagement contre une porte jusqu'à ce qu'elle hurle mon nom.

Elle rit au bout du fil, l'image de Louise me traverse l'esprit. Pourquoi ne peut-elle pas être aussi libre que Lina ?

— Droit au but.

— Sans détour, je suis un homme assez direct, tu sais.

— Je vois, lorsqu'une femme te plaît, tu fonces.

— En général oui…

— En général ? Oh, ta pimbêche ?

— Tu es très perspicace ! Mais oui.

— Que t'a-t-elle encore fait ?... Ou pas ?

— Pour tout te dire, je ne sais plus vraiment où j'en suis, elle me plaît, je suis bien avec elle, mais je ne veux pas me caser, je veux profiter, mais…

— Mais elle te fait oublier les autres non ? Elle veut quoi, elle ?

— J'en sais rien !

— Arthur, pourquoi ne pas lui demander tout simplement ?

— Impossible !

Je m'imagine mal aller voir Louise et lui demander ce qu'elle attend de moi. Après tout, elle m'a dit que ça allait trop vite non ? Et puis elle l'a dit elle-même, je suis un connard qui se tape tout ce qui bouge…

— Pourquoi pas ? Quelquefois, il faut juste passer le pas et tout paraît plus simple après.

— Je ne sais pas. Et toi ? Ton connard ?

Elle rit encore.

— Alors pour résumer : j'ai eu la confirmation, il n'y a pas longtemps que c'en était bien un, alors je pense que je vais laisser tomber et arrêter de me prendre la tête. Après tout, il y a plein d'hommes autour de moi ? Alors je vais en profiter !

— Bien dit !

Nous rions ensemble.

— Lina, je vais te laisser. À très bientôt j'espère.

— Avec grand plaisir Arthur.

Je m'allonge sur mon canapé et pense à Louise, à la façon dont elle m'a défié ce matin, et si elle allait voir Jim ? Si elle était mieux avec lui ? Après tout, ils ont déjà baisé plusieurs fois ensemble. Mais non ! Je m'en fous ! Ça ne devrait pas m'atteindre, je me fous d'elle, je peux avoir toutes les nanas que je veux ! Alors pourquoi est-ce que je pense à elle ?

Lorsque je me gare dans sa rue, je me demande si je ne fais pas une connerie, jusqu'à ce que j'aperçoive la voiture de Jim garée un peu plus loin. Il est là. Je ne sais pas exactement ce que je ressens, je n'arrive pas à l'imaginer avec un autre que moi, c'est la première fois que j'agis ainsi et ça me fout en l'air. C'est du grand n'importe quoi, mais il faut que j'aille voir. Voir quoi d'ailleurs ? Ils doivent être enfermés à double tour chez elle à baiser. Devant la porte de son appartement, je frappe. Personne ne me répond, j'appuie sur la poignée et la porte s'ouvre. Je m'attends à ce que Louise me hurle dessus, mais il n'y a personne dans le salon, ni dans la cuisine. Je sais au fond de moi que je devrais partir, mais j'avance dans le couloir et me dirige vers sa chambre où la porte est entrouverte.

Je ne peux m'empêcher de regarder leurs corps nus se mouvant devant moi. Louise est allongée sur le lit, la tête en arrière alors que Jim active sa langue entre ses jambes. Elle gémit, lui tire les cheveux, il remonte vers son visage en lui léchant le corps, je vois ses seins qui se tendent vers la langue de Jim. Je sais à quel point elle aime ça, je ferme les yeux pour les rouvrir sur Louise qui chevauche Jim, je ne peux détacher mon regard de son corps se mouvant sur lui, sur ses mains à lui sur ses hanches à elle. Je regarde son tatouage, cet arbre magnifique qui serpente sur ses hanches, son dos… Ils changent brusquement de position, elle est dos à moi, Jim se positionne derrière elle, et s'introduit en elle alors que ses yeux croisent les miens, un sourire orne son visage. Il continue ses mouvements de plus en plus soutenus en susurrant à Louise :

— Dis-moi à quel point tu aimes ça Louise…

— Oh oui… Jim, vas-y, huuummmm.

— Encore plus fort Louise ?

— Oui… Encore…

Il la saisit plus fermement par les hanches et ne se retient plus, elle a la tête dans l'oreiller, son magnifique cul relevé vers lui et mes yeux ne peuvent quitter la queue de Jim qui s'enfonce en elle de plus en plus vite. Le cri de jouissance de Louise me fait relever les yeux vers Jim qui me regarde avec un petit sourire et me fait un clin d'œil. Mes yeux se posent sur le corps de Louise qui tremble encore. Jim lui caresse la peau alors qu'elle se retourne vers lui avec un immense sourire. Elle s'assoit, lui retire son préservatif et le suce. Je fais demi-tour, monte dans ma voiture pour rentrer.

Mais à quoi est-ce que je m'attendais ? Après tout, je baise à tout-va, alors pourquoi n'ai-je pas envie qu'elle baise avec quelqu'un d'autre que moi ?

CHAPITRE 20

Louise

Je frissonne en sentant les doigts de Jim sur mon corps, ses caresses me réconfortent, m'apaisent. À peine avais-je raccroché avec Arthur qu'il a frappé à ma porte. Il avait besoin de parler, les choses ont vite dérapé et nous sommes à présent dans mon lit à nous câliner. J'aime la tendresse de Jim, ainsi que sa fougue lorsque nous faisons l'amour.

— Une douche ? me susurre-t-il.

Je ne peux m'empêcher d'admirer cet homme tatoué sous la douche, nous nous savonnons mutuellement, sensuellement. Lorsque je passe sur son diable tatoué sur son ventre, je ne peux m'empêcher de penser à celui de Jonas, de penser aux fois où nous avons fait l'amour, la première fois dans sa cuisine, puis chez moi et chez Lily.

— Toujours avec moi ? me demande Jim en me relevant le menton vers lui.

— Oh oui… Je lui souris.

Je sors de la douche alors que Jim se rince et me dirige vers la cuisine pour nous faire des cafés. Lorsque Jim me rejoint sur le canapé, je ne peux m'empêcher de lui demander pour leurs tatouages en forme de diable.

— Oh ! C'est tout simple. Quand nous avons cherché un nom pour le groupe, nous nous sommes souvenus d'une anecdote. Nous répétions de temps en temps dans la cave d'un bar. Le patron italien était une connaissance de nos parents à Jonas et moi. Et cet homme vivait avec sa mère qui ne supportait pas notre musique. Un jour, après une répétition un peu alcoolisée, on remontait de la cave en riant et en se parlant un peu fort et la mère a dit quelque chose en italien à son fils. Bien sûr, nous n'avons rien compris, mais à l'intonation, nous avons compris que ce n'était pas sympa, alors nous lui avons tous tiré la langue avant de hurler de rire en voyant sa tête… Et elle nous hurlait dessus : Tutti delle Diavoli ! Tutte delle Diavoli !

Je le regarde alors qu'il est pété de rire en se remémorant cet épisode de sa vie, lorsqu'il se retourne vers moi, il voit que j'ai besoin d'une explication.

— Tous des diables ! Tous des diables ! Du coup, nous avons choisi ce nom pour le groupe.

— Et les tatouages ?

— Oh, une idée de Jonas et son frère. Ils sont arrivés un jour de répétition avec un diable tatoué sur le ventre pour prouver leur appartenance au groupe. Stan et moi avons suivi quelques jours plus tard. Et comme lors des concerts nous nous retrouvons souvent torse nu… Les fans adoraient ça !

Il baisse la tête et ferme les yeux. Je vois à quel point se remémorer leur groupe le rend mal à l'aise, mais j'aimerais en savoir plus.

— Qu'est-ce qui a changé ?

Il relève les yeux vers moi.

— Comment ça ?

— Je veux dire, tu joues encore, avec Lily.

— C'est vrai, mais ce n'est pas la même chose, je veux dire… J'aime Lily, tout comme j'aime cet abruti de Jonas, mais sur scène… C'est… Différent…

Il pose sa tête contre mon épaule, je lui caresse les cheveux. Après quelques minutes de silence, il continue :

— Jonas, son frère et moi, nous connaissions depuis le collège, tout était naturel entre nous. Depuis toujours, nous écoutions la même musique, nous allions voir les mêmes concerts, nous avons débuté la musique ensemble. Nous avons toujours tout fait ensemble musicalement. Avec Lily, c'est autre chose, elle est douée ! Mais ce n'est pas mon univers de départ, j'aime jouer des morceaux plus rapides, plus rock, là où Lily joue des choses plus calmes tout en restant dans le rock…

— Mais tu ne jouais pas avec Lily depuis toujours aussi ?

— Lorsque nous étions lycéens oui, mais ensuite Lily a créé son propre groupe, moins bourrin que le nôtre. Mais nous sommes toujours restés liés par la musique. D'ailleurs, beaucoup de gens pensent encore que Lily et Jonas sont frère et sœur !

— Tu es sérieux ? Ils n'ont rien à voir !

Il se relève vers moi et me sourit.

— Ils ont énormément de choses en commun Louise, plus que tu ne peux imaginer…

— Éclaire-moi.

Il pose sa tête sur mes cuisses et me prend la main avec laquelle il joue en la mettant devant ses yeux.

— Tout d'abord, ils ont été élevés ensemble. Leurs parents étaient les meilleurs amis du monde, ils évoluaient dans le monde de la musique, enfin surtout les parents de Lily. Ensuite, ils ont toujours été dans la même classe, depuis le primaire, ils ont toujours été ensemble. Et puis lorsque son frère est arrivé, ils ont veillé sur lui, il était leur petit à qui ils ont tout appris.

— Mais et toi ?

— Nous nous sommes connus au collège, j'ai intégré leur groupe et me suis rapproché des deux frères, nos influences musicales étaient proches. Et puis Lily et Jonas ont le même caractère, je veux dire, ce sont les mêmes ! Tu as une version homme et une version femme. Ils n'ont pas besoin de se parler pour se dire les choses, ils sont comme… Connectés tu vois ?

Je hoche la tête, je repense à la relation que j'avais avec Loukas, nous n'avions pas besoin de nous parler pour savoir ce que l'autre pensait ou ressentait, alors je comprends complètement leur relation.

— Après, ils fonctionnent de la même façon avec les hommes ou les femmes.

— Comment ça ?

Il me dit en souriant :

— Tu es sûre que tu veux entendre tout ça ?

— Oui pourquoi ? Qu'est-ce que tu entends par « ils fonctionnent de la même façon » ?

— Et bien, ils agissent pareil. En fait, Lily aime les hommes et les femmes et…

— Attends ! Ne me dis pas que Jonas ?

Il éclate de rire.

— Oh non ! Il aime trop les femmes pour ça ! Et sous toutes leurs formes ! En fait, Jonas et Lily les utilisent pour leur plaisir, et les jettent. Après, tu me diras, c'est plutôt simple lorsque tu as du succès. Il leur suffit de descendre de scène et de trouver de quoi se mettre sous la dent pour la soirée ou la nuit…

— Ne me dis pas que tu n'en as jamais profité ?

Il rit à nouveau.

— Disons que je respecte un peu plus les personnes avec qui je passe une nuit. Et puis je leur fais l'amour, eux, ils baisent.

Je ne peux m'empêcher de repenser à toutes les fois où j'ai été avec Jonas et en effet, nous avons baisé. À part peut-être chez moi où il a été un peu plus tendre ? Non, il m'a baisée comme toutes les autres, je n'étais qu'une femme parmi tant d'autres sur son tableau de chasse bien rempli.

— Pourquoi ne veut-il plus jouer ? J'ai compris qu'il avait perdu quelqu'un, mais...

Je repense à Arthur en demandant ça. Il m'a demandé tout à l'heure si j'avais perdu quelqu'un de proche, et comment je le gérais. S'il savait ! Je ne gère rien du tout depuis que Loukas est parti.

— Ce n'est pas simple, il ne peut plus, ne veut plus, il pense trop à lui lorsqu'il joue. Tu as bien vu et entendu sa réaction tout à l'heure ? Il est hors de question qu'il remonte sur scène.

Jim se passe la main sur le visage, je vois de la tristesse, je sais qu'il meurt d'envie de rejouer avec Jonas, de remonter leur groupe et de faire des tournées. Je vois à quel point il est torturé, à quel point ça le ronge. Je lui caresse les cheveux, ses yeux rougis croisent les miens, je fais comme si je n'avais rien remarqué et m'approche de lui pour l'embrasser. Je vois le vrai Jim, l'homme torturé qui est obligé de se priver de sa passion à cause de Jonas et de son égoïsme. Il me rend mon baiser tendrement en se redressant face à moi, ses mains me caressent les bras, mon cou, mes joues, puis son baiser devient plus passionné, plus enjoué, il me chevauche et attrape son téléphone qui sonne dans sa poche. Il regarde qui l'appelle, pose son téléphone sur la table basse et reprend son baiser jusqu'à ce que son téléphone sonne à nouveau. Il le regarde une nouvelle fois et le jette alors qu'il sonne encore. Je vois Jonas inscrit sur l'écran. Je suis étonnée qu'il ne lui réponde pas. Alors qu'il s'approche de moi à nouveau, je lui demande :

— Tu ne réponds pas ?

— J'ai des choses plus intéressantes à faire Louise…

Il m'embrasse à nouveau, ses mains passent sous mon tee-shirt, effleurent mon ventre, puis il se recule et le fait passer par-dessus ma tête. Il me regarde et sourit.

— Magnifique.

Avant de replonger vers moi. Son téléphone sonne à nouveau.

— Il m'emmerde !

— Réponds-lui Jim, ça doit être important pour qu'il insiste autant ?

Il prend son téléphone et répond sèchement :

— Quoi Jonas ?

Jim se relève alors qu'il écoute ce que lui dit Jonas au bout du fil.

— Plutôt bon oui ! Et j'étais sur le point de recommencer, tu vois !

Je vois Jim qui fait les cent pas, on dirait un lion en cage, il se tient les cheveux, ses muscles sont bandés, il se retient de ne pas hurler alors qu'il écoute ce que lui dit Jonas au bout du fil puis tout à coup son regard croise le mien et il explose :

— Va te faire foutre Jonas ! Je baise avec qui je veux et aussi souvent que je le veux !

— …

— Ça ne te regarde pas bordel !

Il jette son téléphone sur le comptoir de la cuisine et se prend la tête entre les mains alors que je m'approche de lui. Je me colle à son dos, passe mes mains sur son ventre, ma tête entre ses omoplates, et j'attends que sa respiration se calme. Pas un mot n'est échangé, il se calme petit à petit. Alors que son corps se détend, il prend mes mains dans les siennes et se retourne vers moi.

— Désolé…

— De quoi ?

— Pour le pétage de plomb…

Je lui passe une main sur le visage :

— Je comprends. Je ne te demanderais pas pourquoi, mais je comprends.

Il me sourit, me fait un baiser sur la bouche et me dit avec un sourire :

— Il est jaloux.

— Jaloux ? Jonas ?

— Faut croire qu'il n'apprécie pas que tu ailles avec un autre que lui…

Il me fait un clin d'œil et me serre dans ses bras. Jonas jaloux ? J'aurais tout entendu. Il n'est pas sérieux ? Pas plus tard qu'hier soir, il était avec une nana dans les toilettes du bar et maintenant, il est jaloux parce que je passe du temps avec Jim ? Je ne le comprends plus…

CHAPITRE 21

Louise

Cela fait plusieurs jours que je n'ai vu personne. Comme j'ai énormément de travail, j'ai décidé de me couper un peu du monde. La sonnerie du téléphone rouge me fait relever la tête, il est très tard et je pense immédiatement à Arthur. Un sourire s'immisce sur mes lèvres, mais s'efface lorsque je vois un numéro inconnu qui s'affiche. Dès les premières phrases, je sais que je parle avec un homme immonde. Ça me retourne l'estomac de parler avec des personnes telles que lui, mais je fais tout pour faire durer la conversation afin qu'ils paient un max. J'ai trouvé une technique assez imparable pour ça… Les gémissements… Je les fais durer, encore et encore… Ou alors je leur pose des questions ouvertes pour qu'ils puissent me décrire exactement ce qu'ils veulent, et je ne réponds que par des onomatopées. Je hais ce genre d'hommes si je peux les appeler ainsi, qui traitent les femmes comme des choses à leur disposition.

Celui-là est particulièrement virulent, j'imagine qu'il doit être seul vu la façon dont il me parle, du moins je l'espère. Je pose le téléphone sur mon bureau et mets le haut-parleur, car j'en ai marre d'entendre ses : « Je vais te baiser comme la salope que tu es », « tu aimes ça hein, que je te prenne comme une chienne ? », « t'aimes sentir ma queue bien profonde ? » Je continue mes gémissements lorsque mon interphone sonne. Je regarde l'heure : 1 h. Je m'avance vers l'interphone tout en prenant le téléphone dans les mains et réponds en mettant ma main sur le téléphone pour ne pas que la personne en bas de chez moi entende l'énergumène que j'ai au bout du fil.

— Oui ?

— C'est Jonas. Je dois te parler Louise.

Mais qu'est-ce qu'il fout là à 1 h du mat ? « J'ai envie de te mettre un doigt dans le cul. »

— Louise ?

Oh merde ! J'avais toujours le doigt sur l'interphone.

— Il est tard Jonas.

— Tu n'es pas seule, c'est ça ?

OK, je fais comment maintenant ?

— Laisse-moi cinq minutes, je dois m'habiller.

— Je t'ai déjà vue à poil, tu sais…

J'appuie sur l'interphone pour lui ouvrir et file dans mon bureau m'enfermer à clé pour finir ma conversation avec l'homme immonde. Après lui avoir demandé d'accélérer la cadence et avoir fait semblant de jouir bruyamment, je raccroche et sors vite du bureau pour aller ouvrir à Jonas. Mais je me heurte à son torse et me retrouve sur le cul alors qu'il me regarde avec un sourcil levé. Je me relève difficilement pendant qu'il m'observe une épaule contre le chambranle de la porte avec un petit sourire au coin des lèvres.

— Que fais-tu là Jonas ?

— La porte était ouverte alors…

Je vois qu'il regarde par-dessus mon épaule, est-ce qu'il aurait pu m'entendre ?

— Qu'est-ce que tu regardes ?

— Rien, Louise.

Ses yeux se fixent sur ma main qui serre mon téléphone rouge. Je le mets dans ma poche et me dirige vers la cuisine.

C'est lorsqu'il s'assoit face à moi que je vois que ses yeux sont injectés de sang, est-ce qu'il a bu ?

— Qu'est-ce qui t'amène Jonas ?

— Louise... Je... Je ne sais pas...

— Tu plaisantes ? Tu viens à une heure du mat chez moi et tu ne sais pas pourquoi ?

— En fait, je me sentais seul et...

— Oh, et tu t'es dit : « Tiens ! Et si j'allais baiser Louise ? »

Il relève la tête vers moi et me sourit. Je suis folle de rage, il se fout de moi ou quoi ? Il se lève s'avance lentement vers moi.

— Peut-être bien Louise... Peut-être que j'ai envie de t'entendre hurler de plaisir sous mes doigts, peut-être que je suis venu pour te tuer... Te tuer de plaisir... À petit feu... Je te ferais jouir si souvent que tu ne tiendrais pas...

— Jonas...

Il continue de s'avancer vers moi tout en me parlant. Un flash tout à coup en entendant ce qu'il me dit, je ferme les yeux et ce n'est plus la voix de Jonas que j'entends, mais celle d'Arthur, il m'a dit la même chose il n'y a pas si longtemps...

— La petite mort, Louise... Est-ce que tu l'as déjà ressentie un jour ? Le moment où ton état de jouissance est tel que tu as l'impression que ton cœur s'arrête...

J'ouvre les yeux lorsque la main de Jonas se pose sur ma joue et que ses lèvres se posent sur les miennes délicatement. Je suis tellement décontenancée par ce que je viens d'entendre que je ne sais plus quoi faire ou quoi penser.

— Laisse-moi te faire l'amour, Louise...

Ses mots me touchent malgré tout. Jonas, Arthur, leurs deux voix s'immiscent en moi, Jonas veut me faire l'amour, pas me baiser. Ses mains retirent mon tee-shirt, sa langue retrouve ma bouche alors qu'il défait mon soutien-gorge. Son blouson et son tee-shirt se retrouvent au sol ainsi que tous nos vêtements. Il est au-dessus de moi sur le canapé, sa langue percée parcourt mon corps, je ne peux retenir mes gémissements. Je pense à Arthur, je n'arrive pas à m'enlever sa voix et ses mots de la tête, je pense à sa langue percée aussi, à ce qu'il a promis de me faire avec et me rend compte que la langue de Jonas prend le même chemin.

— Laisse-moi te faire oublier Jim...

J'ouvre les yeux alors que Jonas attrape un préservatif et ouvre le sachet.

— Qu'est-ce que tu viens de dire ?

Il enfile le préservatif et se penche au-dessus de moi.

— Rien Louise...

Je commence à comprendre, tout s'enchaîne dans ma tête, c'est comme une compétition entre eux dont je serais le prix.

— Tu es là à cause de Jim, c'est ça ?

Il se recule et s'assoit tout en me fixant. Puis il éclate de rire :

— Qu'est-ce que tu vas t'imaginer ?

Je me relève :

— Mais qu'est-ce que j'ai pu être conne ! Et moi qui fonce en buvant tes belles paroles !

Il a toujours son sourire en coin, celui qui dit que j'ai raison.

— Dégage !

— Louise...

— Bouge de chez moi, Jonas !

Je lui montre la porte d'entrée et vais m'enfermer dans la salle de bain. Je prends une douche pour lui laisser le temps de partir, enfile un tee-shirt des Gun's'n'Roses de Loukas et sors. Il n'y a plus un bruit dans l'appartement, Jonas a dû partir.

Je m'avance vers le salon pour ranger un peu et aérer. Je suis surprise de voir que les affaires de Jonas sont toujours par terre. Son blouson, son tee-shirt et son jean jonchent le sol. Mais il est où ? Il ne serait pas parti en boxer quand même ? Je me dirige vers la chambre, personne. La cuisine non plus. La porte des toilettes est ouverte. Il n'est pas là. Je m'avance vers mon bureau, ouvre la porte et découvre qu'il n'est pas là non plus.

Mon cœur commence à battre de plus en plus vite lorsque je m'avance vers la dernière porte de l'appartement. Celle que je n'ouvre qu'une fois par semaine pour ouvrir la fenêtre et la refermer plus tard sans m'attarder à l'intérieur. Celle pour laquelle je travaille pour le téléphone rose, pour rester ici, celle pour laquelle je ne peux déménager. La chambre de Loukas.

J'ouvre la porte lentement et ce que je vois est incompréhensible pour moi. Jonas est assis au sol, le dos contre le lit de Loukas, la main sur le front. Il tient un cadre qu'il regarde en pleurant. Je sais ce qu'il représente. Nous trois, Loukas, Jack et moi à mon anniversaire l'année dernière, nous étions ivres morts et si heureux en cet instant ! Je continue de fixer Jonas qui n'a pas bougé. Je m'avance vers lui, je ne sais pas quelle attitude adopter. J'hésite entre m'asseoir à côté de lui pour lui demander pourquoi il pleure devant ce cadre ou le mettre dehors pour s'être permis de s'introduire dans Sa chambre. À mon approche, Jonas relève ses yeux rougis vers moi. Ses yeux se plissent, puis il se relève d'un bond pour se jeter devant moi en mettant le cadre devant mes yeux. Je recule, il me fait peur.

— Tu peux m'expliquer ? me hurle-t-il.

Je reprends un peu de contenance et lève les yeux vers lui.

— T'expliquer quoi ? Tu peux me dire ce que tu fous ici ? Tu n'as aucun droit d'être dans cette chambre ! Barre-toi Jonas ! Je le pousse, mais il ne bouge pas d'un pouce étant donné sa grande taille face à moi.

— Pas avant que tu m'expliques !

— Mais quoi ! Tu veux que je t'explique quoi ?

— Ce que tu fous avec mon frère sur cette putain de photo ?

Son visage est si près du mien que je peux sentir son souffle sur mon visage. Je suis sans voix. Mais de quoi il me parle ? Mes jambes ne me portent plus, je me laisse choir par terre contre la porte. Il hurle toujours sur moi :

— Alors ?

Je mets un peu de temps à lui répondre, mon cerveau a du mal à se reconnecter, je lui réponds doucement :

— Je… C'était à mon anniversaire l'année dernière, nous étions heureux… Bourrés… Mais heureux, puis ils sont partis finir la soirée ailleurs… Puis je devais les rejoindre… Puis…

Je remonte mes jambes contre ma poitrine, passe mes bras autour et me berce d'avant en arrière en fermant les yeux. Je me revois toute joyeuse, les rejoindre en taxi. Nous avions passé un début de soirée à fêter mon anniversaire. Nous étions bien, si bien que les gars avaient décidé d'aller rejoindre les gars du groupe et surtout le frère de Jack pour lui annoncer sa relation avec Loukas. Cela faisait si longtemps qu'ils se cachaient de lui et de son groupe. Nous étions tous les trois dans une positive attitude, rien ni personne ne pouvait être négatif ce soir-là, alors dans leur élan, ils étaient partis les retrouver. Je devais les laisser seuls pour cela et les rejoindre un peu plus tard pour fêter notre joie commune. J'entends encore les sirènes, les bruits de ferraille qu'on découpe, leurs cris de douleur, leurs pleurs, les pompiers qui hurlent des ordres...

Je n'arrête pas de me balancer d'avant en arrière, mes larmes coulent sur mes joues sans que je puisse m'arrêter. Je sens une crise qui arrive, je dois partir, cela fait si longtemps que ça ne m'était pas arrivé. Il a suffi que Jonas débarque et refasse monter toutes ces images à la surface... Jonas agrippe mes épaules et me secoue.

— Louise... Qu'est-ce que tu racontes ? Tu connaissais Jack ?

Il faut que je parte, je ne veux pas en parler, toute cette culpabilité qui remonte à la surface, si nous n'avions pas autant bu pour fêter mon anniversaire, ils seraient toujours vivants, tout est ma faute, j'aurais dû les empêcher de prendre leur voiture...

Je repousse Jonas qui s'était accroupi devant moi. Il tombe sur les fesses et me fixe lorsque je me relève d'un bond.

— Je t'ai demandé de dégager de chez moi Jonas ! Alors, barre-toi !

— Pas avant que tu m'en dises plus sur Jack !

— Il est mort ! Ils sont morts ! À cause de moi et de mon putain d'anniversaire !

Je sors en courant, la crise monte de plus en plus, je me dirige vers la cuisine et ouvre les placards, je dois me défouler, j'attrape toute la vaisselle qui me tombe sous la main et balance tout. Les verres se brisent, les assiettes se cassent, les plats volent en éclats, je ne suis plus moi-même, mais c'est si bon de se défouler. Tout ce qui me tombe sous la main y passe, je ne sens pas les morceaux de verre sous mes pieds qui saignent, pas de douleur, tout est parti le jour de mon anniversaire il y a un peu plus de 3 mois maintenant… J'entends des hurlements, Louise… Putain Louise… Calme-toi… Cette voix, ces bras qui me secouent, qui me serrent. Petit à petit, ma crise redescend. Je sens des mains sur moi, qui me caressent le dos, les cheveux, cette voix qui me parle tendrement, j'aimerais tellement que Loukas soit près de moi.

— Loukas… Je suis tellement désolée… Vous étiez si heureux… Comment ai-je pu vous faire ça ? Je murmure à Loukas tout ce que j'ai sur le cœur…

— Chut… Calme-toi.

— Chante pour moi Loukas…

Une mélodie parvient à mes oreilles, une magnifique voix. Je me détends peu à peu, mon corps se colle un peu plus à celui de Loukas, je renifle dans son cou.

— Je t'aime tellement… Tu me manques tellement…

Une main caresse mes cheveux, l'autre caresse mon dos, cette mélodie m'apaise, me calme.

— Je suis si seule sans toi… Sans tes câlins du dimanche matin, sans ta voix mélodieuse, sans ton rire… Sans vous et vos clowneries… Je n'y arrive pas, tu sais… Je n'arrive pas à remonter, pas sans toi Loukas, c'est trop dur, j'ai tellement envie de vous rejoindre tous les deux et continuer nos conversations délirantes !

Je caresse le cou de mon frère avec mon nez, je renifle son odeur, je le sers plus fort, je veux profiter de lui encore un peu…

CHAPITRE 22

Jonas

Elle se calme enfin, je suis assis sur le sol de la cuisine, au milieu du verre brisé. Louise est dans mes bras, elle semble s'être assoupie, enfin… Jamais je n'aurais pensé qu'elle puisse avoir autant de violence en elle. Il va falloir qu'elle m'explique, je n'arrive pas à la suivre, tant de choses se bousculent dans ma tête.

— Loukas, ne me quitte pas… Ne me laisse pas seule…

Je lui caresse les cheveux tout en la berçant à nouveau. Je ne peux m'empêcher de la toucher. Lorsqu'elle est enfin assoupie, je me lève et la porte sur son lit. Je marche sur des morceaux de verre qui me déchire la peau, mais ce n'est rien face à l'état des pieds de Louise. Je trouve dans sa salle de bain une pince à épiler et retourne dans la chambre pour enlever les morceaux de verre incrustés sous ses pieds. Je lui désinfecte ensuite et la recouvre pour qu'elle se repose. J'hésite à retourner dans cette chambre. J'ai besoin d'un café. Devant le désastre de la cuisine, je prends l'initiative de tout nettoyer en faisant le moins de bruit possible. Je bois mon café et ne peux m'empêcher de tourner la tête vers la porte de cette chambre.

Je prends mon courage à deux mains et pousse la porte une seconde fois. Quand je repense à la surprise que j'ai eue ce matin en ouvrant la porte. Je pensais me retrouver dans la chambre de Louise, mais je me suis arrêté net en voyant cette chambre purement masculine. Et puis cette photo sur la table de chevet m'a happé, ou plutôt le regard de mon frère m'a attiré. Je ne pouvais pas détacher mes yeux des siens, je me suis retrouvé par terre à fixer ce visage que je ne reverrais jamais. Il paraissait si heureux sur cette photo, même en ma présence ou avec le groupe, il n'a jamais paru aussi heureux et souriant. Il était toujours renfermé, la tête ailleurs… Il était préoccupé par quelque chose, mais je ne savais pas par quoi jusqu'à ce fameux soir.

Je m'assois à nouveau au sol et fixe le visage de mon frère souriant et heureux, puis je regarde le visage de Louise, elle est lumineuse, radieuse, elle éclate de rire sur la photo. Entre les deux se tient un homme, Loukas. Il a le même regard miel que Louise, la même couleur de cheveux, la même expression lorsqu'ils sourient. Un doute m'assaille, seraient-ils jumeaux ? Les trois ont la même expression de joie et de bonheur. J'essuie une larme qui roule le long de ma joue et me lève pour sortir quand une autre photo m'attire sur le bureau. Mon frère et son amant sont enlacés tendrement, ils dorment paisiblement, Jack à la tête posée sur le torse de Loukas, ses mains enlaçant son torse alors que les mains de Loukas sont sur le visage et la taille de mon frère. Quand je pense qu'il ne m'a jamais rien dit pendant tout ce temps. Pourquoi m'avoir caché son homosexualité ? Pensait-il vraiment que j'allais le rejeter ? J'étais très con d'accord, mais c'était mon frère ! Je repose la photo sur le bureau et vais au salon pour récupérer mes fringues qui gisent au sol, pauvre vestige de notre partie de jambes en l'air avortée de tout à l'heure.

Il faut que je sorte, que je prenne l'air et surtout que je m'éloigne d'elle. Alors que j'enfile mon jean, j'entends Louise :

— Loukas… Non… S'il te plaît, reste avec moi… Ne me laisse pas seule…

Je me dirige vers sa chambre pour voir qu'elle sanglote et serre son oreiller.

— Pardon… C'est ma faute… Nous n'aurions pas dû le fêter…

Elle recommence à s'agiter dans son sommeil. Je fais alors tout l'inverse de ce que j'avais décidé quelques minutes auparavant. Je m'avance vers le lit et l'enlace. Mes mains se posent sur son ventre, mon torse contre son dos, ma bouche contre son oreille lui chante *Zombie* des Cranberries.

— Je t'aime tellement…

Mon cœur vient d'avoir un raté, je m'arrête de chanter.

— Chante encore un peu…

Sa main presse la mienne. Est-ce à son frère qu'elle s'adressait ? À moi ? Non, c'est impossible, elle se croit toujours entre les bras de son frère. Je continue de lui chanter cette chanson, ses mains serrent un peu plus les miennes.

— Merci… Jonas…

C'est trop pour moi, lorsqu'elle se sera endormie à nouveau, je partirai pour m'éloigner d'elle. Si elle savait qu'elle n'y est pour rien dans leur mort… Que le seul fautif, c'est moi et mon caractère de merde !

Lorsqu'elle s'endort enfin, je file à l'extérieur, j'ai besoin d'air. Je pars comme un lâche, mais j'ai besoin de me remettre les idées en place. Sur la route, je passe devant le bar de Raph et je me rends compte que c'est ici, dans ce bar que tout est parti en vrille ce soir-là… Je monte le son de mon poste pour ne penser à rien d'autre que la musique qui envahit l'habitacle, *Slipknot* fait l'affaire.

Lorsque je passe la porte de mon appartement, mon regard est attiré par cette porte que je n'ai pas ouverte depuis plusieurs semaines. Je n'y arrive pas, rien que le fait de sentir son odeur, de voir ses affaires posées sur son lit comme s'il allait réapparaître tout à coup, ça me fout en l'air. Mais il le faut, l'envie est là, depuis qu'il est parti, je ne me suis jamais autorisé à y passer plus de cinq minutes, trop éprouvant. Je pousse la porte de sa chambre et fais le tour de la pièce. Son lit est défait, il y a ses basses contre le mur, des fringues qui traînent sur une chaise, des livres et des plans sur son bureau ainsi que des partitions. Je m'assois sur la chaise devant son bureau. Je n'ai rien touché, rien bougé, même pas un stylo.

J'ai l'impression qu'il pourrait franchir le seuil de la porte en coup de vent comme il le faisait toujours en jetant son sac sur son bureau et en sautant sur son lit en suivant. J'essuie mes larmes qui coulent toutes seules. Qu'est-ce que j'ai bien pu rater ? Comment ai-je pu passer à côté de sa vie ? Depuis combien de temps est-ce qu'il voyait Loukas ? Je me frotte le visage pour me remettre les idées en place. Pourtant, il est venu plusieurs fois ici avec des nanas merde ! Est-ce que ce n'était que des copines et que je me faisais des idées déplacées sur ce qu'ils pouvaient faire dans cette chambre ? J'étais tellement préoccupé à l'époque, j'avais tellement de choses à faire. Entre les études, mes boulots, les courses, et le reste… Je n'avais pratiquement pas une minute à moi. Alors peut-être que cela m'arrangeait de ne pas voir.

Est-ce qu'au moins il a été heureux avec moi ? Est-ce qu'il n'aurait pas été plus heureux avec les parents ? Je ferme les yeux et revois Jack étendu par terre, la bouche en sang, l'arcade sourcilière explosée. Il se tient les côtes, il pleure… Bien sûr que non, jamais il n'aurait été mieux avec eux. Il n'a jamais rien voulu me dire sur ce qu'il s'était passé ce jour-là, mais je soupçonne notre soi-disant père de l'avoir frappé souvent. Est-ce qu'il savait pour Jack ? Est-ce pour cette raison qu'il ne m'a rien dit ? Avait-il peur que je le rejette comme lui ?

Ma tête va exploser. J'ai tellement de questions qui se bousculent dans ma tête et aucune réponse ne vient. Je me rends compte que je ne connaissais pas si bien mon frère finalement. On se croisait, on picolait, on jouait ensemble, on mangeait, on dormait sous le même toit, mais nous ne nous connaissions pas vraiment.

J'ai besoin de me changer les idées, je prends mon téléphone et appelle Lina avec une idée derrière la tête.

CHAPITRE 23

Louise

Je sursaute sur mon lit en entendant la fenêtre de ma chambre claquer avec le vent. Comment suis-je arrivée là ? J'essaie de me remémorer ce qu'il s'est passé plus tôt dans la nuit, mais un mal de tête m'assaille. Lorsque mes pieds touchent le sol, je pousse un hurlement de douleur. Des coupures sur tout le dessous de mes pieds, elles partent du talon jusqu'aux orteils. Je les observe et me rends compte qu'elles ont été nettoyées. Ouaou ! Mais je me suis prise pour un fakir ou quoi ? Je me lève doucement et me dirige vers la cuisine me préparant mentalement à voir le résultat du carnage de cette nuit. Quelle n'est pas ma surprise lorsque je vois que tout est rangé et propre ! Si je n'avais pas mes coupures sous les pieds, je pourrais croire que j'ai rêvé de mon pétage de plomb. Je m'assois devant mon café en évitant de poser mes pieds sur le sol, je me prends la tête entre les mains et ferme les yeux.

Les yeux gris de Jonas me font face, ils sont couleur d'orage, ils me pétrifient. Je revois sa colère envers moi, ses hurlements pour savoir si je connaissais Jack. Je me rends compte que le frère auquel tenait tant Jack était en fait Jonas. Finalement, je connais cet homme à travers les récits de Jack. Un homme qui profite de la vie, des femmes, de l'alcool, la musique, qui tient énormément à Jack, mais qui fait aussi passer sa vie avant celle des autres, et notamment avant celle de son frère.

Finalement, je connais Jonas bien plus que je ne le pensais. Jack m'a tellement parlé de lui, quand je repense au regard qu'avait Jack lorsqu'il parlait de son frère. La fierté de travailler et de jouer avec lui. Il ne faisait que me dire à quel point Jonas s'est sacrifié pour qu'il mène ses études à bien, combien il aimait se retrouver avec lui, mais aussi combien il redoutait sa réaction face à son homosexualité. Lui, Jonas, l'homme à femmes, accepterait-il une pédale comme frère ? C'était toute l'inquiétude de Jack, la réaction de son frère, il voulait tant que Jonas soit fier de lui.

Je repense à cette chanson qu'il avait écrite et enregistrée avec l'aide de Loukas. Cette chanson qui disait à quel point c'était dur pour lui de vivre à côté de cet homme qu'il admirait tant et d'avoir peur de lui avouer son homosexualité de peur de le décevoir.

Mais où ai-je bien pu mettre mon iPod ? Rien que pour cette chanson, j'aimerais le retrouver. Nous chantions tous les trois à un moment, sur le refrain.

Je relève la tête lorsque mon téléphone rouge sonne. Arthur. Je repense immédiatement à Jonas, aux mots qu'il a prononcés, la petite mort… Les mêmes qu'Arthur. Se pourrait-il ? Non, c'est impossible, ils sont trop différents, Arthur est un homme attentionné, marrant et rieur même s'il affirme qu'il n'est pas très sociable, alors que Jonas n'est qu'un homme à femmes, imbu de sa personne, égoïste et aigri.

— Lina bonsoir, que puis-je faire pour vous satisfaire Arthur ?

— Je me demandais Lina… Est-ce que nous pourrions nous rencontrer un jour ?

Je souris. J'aimerais bien sûr, car il a l'air d'être un homme qui pourrait me correspondre, mais j'ai mis un point d'honneur à ne jamais rencontrer mes clients.

— Arthur... Nous en avons déjà parlé il me semble et c'est impossible, tu le sais !

— Je comprends, mais... pourquoi ?

— Comment ça, pourquoi ?

— Je veux dire, est-ce que c'est une règle imposée par ton travail ou est-ce que c'est toi qui t'imposes ça ?

Un point pour lui.

— C'est moi Arthur... Je... Comment te dire ? J'ai toujours peur de tomber sur quelqu'un de pas très net, tu vois ?

— Pas vraiment non.

— Je vais être plus claire. En fait, il faut que tu saches qu'il y a beaucoup de personnes différentes qui m'appellent.

— J'imagine oui !

— Non, ce que je veux dire c'est qu'il existe des gens vraiment tordus !

— Comment ça ?

— Tu sais que certains hommes aiment la violence ? Je veux dire pas les fouets et autres menottes, non, la vraie violence, la domination pure et dure. Ce sont des hommes qui n'arrivent à jouir qu'en violentant leur partenaire.

— Oh...

— Maintenant, dis-toi aussi, que certains hommes pensent vraiment que je suis nue sur mon lit à me masturber, que je jouis vraiment alors qu'ils me disent qu'ils vont me fouetter ou me fesser tu vois ?

— J'imagine très bien oui.

— Arthur, ce que je veux te dire, c'est que certains d'entre eux m'ont déjà proposé de les rencontrer, et ce, avant que je découvre leur penchant violent. Alors tu imagines l'horreur que cela aurait pu être pour moi ?

— Je te comprends Lina, mais est-ce qu'une seule fois tu as pensé en me parlant que je puisse être violent ou complètement taré ?

— Non, bien sûr que non Arthur… Mais mets-toi à ma place, je suis bien loin de tout cet univers…

— Ce n'est qu'un gagne-pain pour toi…

— Oui, même s'il m'arrive parfois de m'attacher à des hommes qui m'appellent !

— Tu es sérieuse ?

— Bien sûr ! Il y a cet homme, Georges, il m'appelle depuis très longtemps, et il a juste besoin de tendresse, car sa femme est une vraie brute tu vois ? Il me demande des caresses, des câlins, il veut faire l'amour tout simplement. Et il y a toi…

— Moi ?

— L'impression de te connaître depuis toujours, tu sais ?

— J'ai le même sentiment. Mais justement ! Il faut que l'on se rencontre Lina, nous pourrions devenir de super pote et je n'aurais pas à débourser un centime pour cela !

Je ris face à sa répartie, il a peut-être raison, mais il est bien trop tôt pour moi. Mon interphone sonne.

— Pas tout de suite Arthur, je vais devoir te laisser…

— Mais tu n'as pas dit non !

— En effet, je n'ai pas dit non. À plus tard.

— À très bientôt Lina.

J'ouvre ma porte à Lily la tornade qui arrive avec un pack de bière.

— Coucou ma belle je ne te dérange pas ?

— Heu… Non, qu'est-ce qui t'amène ?

Elle pose le pack sur le comptoir, l'ouvre et m'en offre une avant de me dire :

— Ben en fait, je m'ennuyais… Alors comme Jonas ne répond pas au téléphone, Jim est sorti du coup je suis passée voir ce que tu faisais de beau !

Cette femme est incroyable ! Je lui souris et repense à Jonas et sa réaction lorsqu'il a appris que je connaissais Jack.

— Jonas ne répond pas au téléphone ?

— Tu t'inquiètes pour lui, c'est ça ?

— Non ! Non…

— Louise… Je sais qu'il se passe quelque chose entre vous. Ne me regarde pas comme ça, disons que je suis observatrice. Je connais Jonas depuis que nous avons trois ans, alors je commence à le cerner, et je sais que tu lui plais, et ton parfum, cette odeur de jasmin… Je l'ai senti plusieurs fois sur ses fringues, et je sais qu'il adore le jasmin… Cela lui rappelle tellement de choses, et puis…

— C'était la fleur préférée de Jack. Je termine sa phrase sans m'en rendre compte.

Lily me regarde comme si je débarquais d'une autre planète. Je m'assois sur le fauteuil face à elle. Elle se rapproche instinctivement de moi.

— Je connaissais Jack, mais pas Jonas, pour la simple et bonne raison qu'il était en quelque sorte mon beau-frère.

— Alors tu veux dire que…

— Je suis la sœur de Loukas, le compagnon de Jack.

Mes larmes coulent d'elles-mêmes. Cela fait tellement de bien de parler d'eux à une personne qui les a connus. Lily se lève pour s'asseoir contre moi et me prend dans ses bras. Elle me demande :

— Jonas est au courant ?

— Depuis quelques heures oui…

— Je comprends mieux alors…

— Que veux-tu dire ? Je lui demande.

— Il se sent tellement coupable de leur mort, que le fait de savoir que tu étais la sœur du compagnon de son frère, ça a dû le secouer un peu, d'où le fait qu'il ne réponde pas au téléphone…

— Coupable de leur mort ? Mais comment aurait-il pu ? Ils sont décédés dans un accident de voiture ! J'étais là, j'ai vu ce camion encastré dans leur voiture, j'ai entendu leurs cris ! Leurs pleurs ! J'ai vu les pompiers, les policiers…

Je lui hurle dessus. Comment peut-il être responsable de leur accident de voiture ?

Je me rends compte à quel point la mort de Jack a dû être violente pour lui. Je m'en veux tellement. Je ferme les yeux pour retenir mes larmes. Si je n'avais pas fêté mon anniversaire, ils seraient toujours auprès de nous. Jonas serait sûrement un célèbre chanteur avec son groupe composé de son frère et de Jim. Je dois sortir d'ici.

— Chut, ma belle, calme-toi…

Elle me caresse le dos.

— Je pense que c'est à lui de t'expliquer tout ça Louise, me dit Lily calmement. Je n'ai pas le droit de te raconter à sa place, c'est à lui de se dévoiler.

— Il habite où ? demandé-je en me relevant.

CHAPITRE 24

Jonas

Je pensais avoir été convaincant pour rencontrer Lina, mais elle m'a bien fait comprendre que non, pour l'instant, il est impossible de se rencontrer. Elle aussi ne veut pas de moi. On frappe à ma porte, je n'ai pas envie qu'on vienne me prendre la tête, je pose mon bras sur mes yeux et me laisse porter par la musique. J'ai mis au hasard l'iPod de Louise, j'en connais pratiquement tous les morceaux, je comprends mieux maintenant. C'était celui de Loukas et donc Jack devait l'écouter aussi, j'imagine… Je me concentre sur les morceaux qui passent et me surprends à fredonner sur quelques-uns.

D'autres coups sont frappés, je grogne et tombe par terre en voulant me lever. Je me dirige tant bien que mal vers la porte et l'ouvre brusquement pour découvrir Louise la main levée prête à frapper à nouveau. Elle me dévisage.

— Quoi ?

— Je… Je voulais voir comment tu allais, je voulais…

Je lui tourne le dos et entre dans l'appart en lui laissant la porte ouverte. Elle a le choix d'entrer ou pas. Je me dirige vers la cuisine à la recherche d'une autre bouteille de whisky, mais je ne trouve que des bières dans le frigo. La porte claque derrière moi. Je l'entends qui se rapproche, elle souffle.

— Jonas…

Je me retourne et la fixe droit dans les yeux, je n'ai pas envie de discuter, pas envie de batailler, je n'ai plus envie de rien, juste boire ma bière et qu'on me lâche avec tout ça.

— Qu'est-ce que tu fous là, Louise ?

Je me dirige vers mon canapé comme si elle n'était pas là. Elle me suit et s'assoit à côté de moi.

— Je…

Je tourne la tête vers elle et la fixe. Je peux voir qu'elle ne sait plus quoi dire.

— Tu as perdu ta langue ?

— Mais arrête un peu merde !

Elle me hurle dessus en se levant et se plaçant devant moi. Je m'enfonce dans le canapé afin de la regarder debout face à moi. Je ne lui réponds pas ce qui a le don de l'énerver un peu plus.

— Je… Mais… Tu es…

Je lui souris en haussant un sourcil.

— Pourquoi ? me lance-t-elle en hurlant toujours.

— Pourquoi quoi Louise ?

— Pourquoi est-ce que tu penses qu'ils sont morts à cause de toi ?

Je relève lentement les yeux vers elle et les ferme lorsque son regard s'ancre dans le mien. Je lui murmure :

— Parce que c'est la vérité Louise…

— Mais, mais qu'est-ce que tu racontes ? C'est à cause de ce putain de camion ! À cause de mon anniversaire qu'on a trop fêté ! À cause DE MOI ! Tu entends ? Alors, arrête un peu de te morfondre et de faire le mec qui est au fond du trou Jonas ! Tu as du talent ! Alors, arrête de le gâcher !

— Tu ne peux pas comprendre…

— Alors, explique-moi !

Je relève les yeux vers elle, dois-je lui dévoiler la vérité ? Est-ce qu'elle voudra me revoir quand elle la connaîtra ? Lorsqu'elle saura que la cause de leur mort n'est pas l'alcool qu'ils avaient dans le sang, mais mon comportement envers eux ?

— De quel droit viens-tu me faire la morale ? Tu ne connais rien du lien que j'avais avec lui ! De notre vie ! Et il faut que j'arrête de me morfondre ? De faire le mec qui est au fond du trou ? De mettre ma douleur de côté ? Mais pourquoi Louise, hein ? Dis-moi ! Pour chanter pour des inconnus qui soi-disant aiment ma voix ?

Elle se rapproche de moi et s'assoit, sa cuisse touche la mienne.

— Tu as un tel talent Jonas, un tel charisme… Je… Tu…

Je ferme les yeux et penche la tête en arrière sur le canapé. Je repense à nos concerts, à nos regards échangés depuis toujours. Je me mets à parler à voix haute :

— J'ai toujours joué avec lui, il a toujours été là, nous vivions ensemble, nous jouions ensemble… Il était toujours présent… Et je ne peux pas, j'ai l'impression qu'il me manque quelque chose, il était mon bassiste, mon double, mon lien. Et sur scène, je n'ai jamais joué sans lui, je ne pourrais pas… Plus…

Je bois une gorgée de bière, j'en ai marre de parler. Elle pose sa main sur la mienne, sa tête sur mon épaule. Je ne bouge pas. Je ne sais pas combien de temps nous restons ainsi, sans rien dire.

— Loukas me manque tous les jours tu sais, murmure-t-elle à mon oreille. Je lui parle parfois, je me retourne souvent en pensant qu'il va surgir de sa chambre… Je lui chante des chansons qu'il aimait, j'écoutais en boucle son iPod, cela me permettait de me rapprocher un peu plus de lui… De son état d'esprit…

Je me rends compte que c'est son iPod qui est branché sur l'enceinte, dont on écoute la musique. J'attrape discrètement la télécommande, et baisse le son au maximum pour qu'elle ne reconnaisse pas les musiques qui passent. Un silence s'installe entre nous. Nous restons ainsi un moment, puis elle me murmure :

— Tu as une voix magnifique Jonas, ce que j'ai ressenti en t'écoutant, j'avais la chair de poule, ta voix est arrivé à toucher mon âme, il n'y avait plus que toi… Lily a raison, tu es doué, et il est dommage de ne pas partager ce don…

Je ne réagis pas, même si j'ai envie de la renvoyer chier avec ces conneries, ces grands mots… Je me contente de fermer les yeux, de savourer le silence, sa présence. Cela fait bien longtemps que personne n'est resté ainsi avec moi, je restais toujours seul, même après avoir baisé, je faisais en sorte que la nana se barre au plus vite pour retrouver ma tranquillité.

Des sanglots me réveillent, je suis toujours avachi sur mon canapé. Je tourne la tête et vois Louise assise par terre, contre le mur avec un casque sur les oreilles, son iPod branché à l'extrémité. Je souffle avant de me diriger vers elle lentement. Ses yeux me fusillent, je m'arrête près d'elle.

— Comment ? Mais comment as-tu pu me faire ça ?

— Écoute, je comptais te le rendre…

— Depuis quand ?

— Quoi ?

— Depuis quand l'as-tu ?

Je passe ma main sur l'arête de mon nez et souffle. Je suis dans la merde. Je comptais le lui rendre la première fois, mais quand elle m'a traité de Mr Ronchon, mes doigts dans ma poche se sont resserrés dessus, et je l'ai gardé. Ensuite, cela m'est sorti de la tête jusqu'à ce que je me rende compte qu'il appartenait au compagnon de mon frère.

— Je... Écoute, Louise...

Elle se relève d'un bond et se place devant moi les mains sur les hanches pour me hurler dessus :

— Tu te rends compte de ce qu'il représente pour moi ? Tu te rends compte que c'est le seul lien qui me reste avec mon frère ? Je te hais putain !

Je m'avance vers elle :

— Louise, je ne voulais pas le garder, c'est que... Je pensais...

— Mais arrête tes conneries ! Tu n'es qu'un connard prétentieux et égoïste !

Elle s'arrête tout d'un coup et fixe l'iPod qu'elle a en main. Ses yeux s'ancrent dans les miens.

— Tu l'as écouté en entier ?

Je suis surpris par sa question, je fronce les sourcils.

— Alors ?

— Je n'en sais rien ! Tu m'emmerdes avec tes questions !

Elle penche sa tête en arrière en fermant les yeux puis les ouvres et me dit :

— Assieds-toi.

— Pardon ?

— Putain Jonas, ferme là et assieds-toi !

Je m'exécute. Elle branche l'iPod sur la tour et s'assoit loin de moi. Je la regarde, elle me fait signe d'écouter et elle ferme les yeux. J'en fais de même. J'ai déjà entendu cette chanson en bruit de fond, mais je ne l'ai jamais écoutée vraiment.

Elle parle d'un homme perdu dans ses sentiments, un homme qui est fier de vivre au côté de cette personne qu'il admire tant, à qui il doit tout. Un homme qui a peur d'avouer à cette personne son homosexualité, de peur de le décevoir, un homme qui ne se croit pas à la hauteur. Un homme qui est triste au fond de lui, mais qui sourit en façade. Un homme qui a appris à cacher ses sentiments à cette personne qu'il admire tant. Un homme qui se morfond la nuit, mais qui retrouve le sourire lorsqu'il est dans les bras de son amoureux. Un homme qui ne souhaite qu'une chose, c'est que les deux personnes qu'il aime le plus au monde se rencontrent enfin et s'apprécient vraiment. Un homme qui veut que son modèle, son frère, soit fier de lui malgré tout, malgré son choix d'aimer différemment, un homme qui veut la reconnaissance de son grand frère…

J'ouvre les yeux, Louise me fixe, il m'a semblé reconnaître sa voix sur le refrain qui se joignait à celle de mon frère. J'essuie les larmes qui ont coulé sur mes joues et me dirige vers elle tout en continuant de la fixer. Je sens la colère qui monte, j'essaie de respirer normalement pour me calmer, mais je sais que ça va être compliqué. Lorsque je ne suis qu'à quelques centimètres de son visage, je lui dis lentement :

— Tu devrais partir avant que je ne m'énerve vraiment contre toi…

— Quoi ? Mais comment peux-tu me dire ça ? Mais c'est toi qui m'as caché que tu avais mon iPod !

— Ah ouais ! Et comment as-tu pu me cacher cette chanson !

— Mais tu plaisantes ?

Je me colle à elle et pose ma main sur sa gorge :

— Depuis quand es-tu au courant pour cette chanson ? Elle baisse les yeux. Je resserre un peu plus ma main.

— Depuis toujours…

Ses larmes coulent le long de ses joues… Ses mains se posent sur ma main posée sur son cou, elle relève ses yeux couleur miel vers les miens.

— Il était si fier d'être ton frère, il t'admirait tant ! Mais il avait tellement peur de ta réaction ! Comment Jonas, l'homme à femmes, pourrait-il supporter une pédale comme frère, hein ?

Elle me fixe toujours, elle est en colère, je suis choqué par ses paroles, je fronce les sourcils.

— Ce sont ses propres mots, Jonas, comment l'homme qui l'a élevé et s'est privé de tout pour lui, pourrait-il un jour être fier de son petit frère homo ? Hein Jonas ?

Je suis choqué d'entendre ce qu'elle vient de me dire. Je la lâche et m'assois par terre. Putain, comment mon frère a-t-il pu penser ça de moi ? Je ne voulais que son bonheur, j'aurais tout accepté de lui.

— Barre-toi Louise, lui murmuré-je.

J'entends des pas et la porte qui claque, je me laisse tomber au sol et sanglote comme un gosse.

Quelqu'un frappe à la porte, je ne veux pas bouger. Je n'y arrive pas. Les mots de Louise passent en boucle dans ma tête, les mots de Jack : « Comment Jonas, l'homme à femmes, pourrait-il supporter une pédale comme petit frère ? » « Comment l'homme qui l'a élevé et s'est privé de tout pour lui pourrait-il un jour être fier de son petit frère homo ? »

Les coups continuent, ça commence à sérieusement m'emmerder, je n'arrive pas à me concentrer, j'ai envie de rester seul.

— Quoi ? hurlé-je à la porte.

— Jonas, laisse-nous entrer, je suis avec Jim, on voulait voir comment vous alliez avec Louise, c'est Lily.

— Dégagez ! Elle s'est barrée !

Je me passe les mains sur le visage. Je suis toujours assis au sol, le dos contre le mur. Je regarde la bouteille de bière vide entre mes mains. Je me lève pour en prendre une autre, même deux ou quatre et je me dirige vers sa chambre, c'est un besoin vital maintenant que je sais tout ce qu'il pensait de moi. Mais putain ! Comment a-t-il pu penser ne serait-ce qu'une seconde que je ne l'accepterais pas comme il était ?

L'odeur de sa chambre s'imprègne en moi lorsque je passe la porte, je ne peux détacher les yeux de son bureau. D'un bond, je décide de faire ce que je n'avais pas osé depuis quelques mois, j'ouvre les tiroirs un à un jusqu'à ce que je tombe sur un carnet A5 en cuir. Lorsque je l'ouvre, je vois qu'il est recouvert de l'écriture de mon frère, il n'y a presque plus d'espace blanc. Les mots sont écrits dans tous les sens, des phrases, des dessins, des vers, des poèmes, des partitions... Il y en a vraiment partout. Je commence à le feuilleter, il couchait ses états d'âme sur ce cahier, mais depuis combien de temps ? Ce n'est pas un journal intime avec des dates et des paragraphes pour raconter clairement sa journée, non, cela aurait été si normal pour Jack. En fait, il a jeté des mots les uns après les autres, sans aucun sens précis. Je le feuillette un peu et m'arrête sur un portrait fait au crayon à papier. Elle est face à moi, elle me fixe avec un sourire immense. J'ai l'impression qu'elle va me parler, venir vers moi. Je prends une autre gorgée de bière que je finis et en ouvre une autre.

En fait, il n'y a qu'elle qui pourrait m'en dire plus sur lui. Quand je pense qu'elle savait pour la chanson, mais pourquoi ne pas me l'avoir dit plus tôt ? Je suis certain qu'elle connaissait mon frère plus qu'elle ne veut le laisser entendre. J'ai envie de l'appeler, de lui poser des milliers de questions sur lui, sur eux. Mais étant donné son caractère de merde et la façon dont elle est partie, je ne pense pas qu'elle ait envie de me raconter quoi que ce soit… J'aurais dû lui rendre son d'iPod après avoir fait une copie, maintenant, je ne l'ai plus et je ne peux plus entendre sa voix pleine de reproches envers moi.

Quand je repense à toutes ces années, j'avais la tête dans le guidon, je devais réviser, passer mes partiels, mes exams, veiller sur Jack pour qu'il ne rate pas de cours, faire les courses, à bouffer et surtout bosser pour pouvoir payer nos études respectives et cet appartement. Mais je me rends compte que je faisais en sorte de gérer tout le côté matériel de nos vies sans pour autant gérer le côté affectif. Je ne compte plus le nombre de fois où j'ai voulu lui demander comment il allait, lui, Jack, et non comment c'était passé sa journée à la fac, ses cours, ses partiels. Je ne voulais pas empiéter sur sa vie, alors dès que j'avais du temps libre, je le passais avec mes potes du groupe. Jack nous rejoignait pour les répétitions, pour la scène, mais le reste du temps, il ne traînait pas avec nous. J'imagine maintenant qu'il devait passer du temps avec Loukas et Louise. Il faut que je sache, je finis encore une bière et vais en chercher une autre dans le frigo. Je prends mon téléphone en passant et lui envoie un message :

{*Dis-m'en plus sur mon frère*}.

Elle ne me répond pas tout de suite, je suis sûr qu'elle le fait exprès, je commence à bouillir et me retiens de ne pas la traiter de tous les noms au téléphone. Après quelques minutes, il vibre, elle m'a répondu :

{*Non. Tu n'avais qu'à passer plus de temps avec lui lorsqu'il était encore parmi nous au lieu de t'occuper de ta petite personne...*}

Putain ! J'ai envie de la buter ! Mais de quel droit elle se permet de me juger comme ça ! Qu'est-ce qu'elle connaît de notre vie, de ma vie ?

{*Ma petite personne te dit d'aller te faire foutre Louise...*}

Elle me répond en suivant :

{*Je pense que c'est ce que je vais faire de ce pas*}

Je balance ma bouteille de bière contre le mur en hurlant.

— Putain de pimbêche à la con !

J'ouvre tous les placards et tombe sur une bouteille à peine entamée de vodka. Je ne suis pas très fan, mais ça se boit et j'ai besoin d'évacuer toutes ces pensées qui envahissent mon esprit. Jack, Loukas, Louise, l'accident, l'hôpital… Je ne sais plus où j'en suis. Alors je laisse le liquide m'envahir, m'anesthésier petit à petit, s'insinuer peu à peu dans mon esprit, les idées m'échappent, mes pensées s'évaporent… Je suis bien…

Un tambour dans ma tête me réveille. J'essaie d'ouvrir les yeux, mais je n'y arrive pas. J'essaie de bouger, mais je ne peux pas non plus. Un bruit plus sourd me fait sursauter, mais je n'arrive toujours pas à bouger… Des bruits, des cris… On me secoue, me donne des claques… Mais je n'arrive toujours pas à ouvrir les yeux. Je suis si bien, je ne pense à rien, plus d'états d'âmes, plus de regrets, je le vois qui vient vers moi, il est aussi beau que dans mes souvenirs, mon frère, ses yeux bleus, ses cheveux bruns ondulés qui lui tombent sur le front, il me prend la main… Je tends la mienne vers lui…

— Jack…

CHAPITRE 25

Louise

À peine la porte de mon appartement passée, je branche mes écouteurs sur l'iPod et je pars m'allonger sur le lit de Loukas. Je ferme les yeux, je me laisse porter par la musique, mes larmes coulent lorsque je tombe sur le morceau que Jack a écrit pour son frère. Mais comment cet abruti n'a-t-il pu se rendre compte de rien ? Je n'ai qu'une envie, c'est de le rejoindre pour l'insulter. Pour lui dire à quel point il ne méritait pas d'avoir un frère comme Jack, à quel point il me dégoûte ! Quand je pense qu'il avait mon iPod depuis tout ce temps, il savait ce qu'il représentait pour moi, ce n'est pas faute de l'avoir dit à tout le monde !

Je commande une pizza et m'installe tranquillement sur mon canapé en attrapant un manuscrit au hasard. J'ai besoin de me changer les idées et rien de mieux qu'un peu de travail pour ça. Après plus d'une demi-heure, quelqu'un sonne. Je me précipite sur la porte pour ouvrir au livreur, mais je reste bouche bée devant Lily et Jim qui tiennent une bouteille de whisky pour l'un et 3 cartons de pizzas pour l'autre.

— On peut entrer ? Lily me passe devant suivie de Jim.

Je les suis du regard jusqu'à ce qu'ils posent tout sur le comptoir de la cuisine et se retournent vers moi, je n'ai toujours pas bougé. Lily me fait sortir de ma torpeur :

— Tu attends quelqu'un d'autre ? On a déjà croisé le livreur de pizza.

Je referme la porte et me dirige vers eux alors qu'ils ouvrent les cartons à pizzas et servent le whisky dans des verres qu'ils ont pris dans le placard.

— Qu'est-ce que… Pourquoi ? …

Ils se regardent tous les deux et c'est Jim qui m'explique.

— En fait, on voulait aller boire un verre et on est passé chez Jonas pensant vous trouver tous les deux chez lui, mais il nous a gentiment renvoyés chier lorsque nous avons frappé à sa porte. Alors… Nous voilà !

Moi qui voulais être tranquille, c'est raté.

— Et si je vous renvoyais chier aussi ? Vous partiriez ?

Ils se regardent encore une fois en souriant.

— Non ! Tu es beaucoup moins effrayante que lui !

Je souffle en me dirigeant vers eux et prends une part de pizza. Je me rends compte que j'avais très faim. Lily n'y va pas par quatre chemins :

— Tu es allée chez Jonas ?

Je relève la tête vers elle.

— Oui…

— Et ? me demande Jim.

Je me retourne lentement vers lui pour lui dire :

— Votre ami est un connard, égoïste, imbu de sa personne… Ha ! Et menteur aussi !

Je fouille dans ma poche pour en sortir mon iPod. Jim me fixe.

— Je ne vais plus avoir besoin de tes conseils finalement pour trouver les musiques manquantes sur l'iPod…

— Ouaou ! Trop cool ! Il était où ?

— Chez le connard menteur égoïste qui l'avait chez lui depuis toujours.

— Oh…

— On peut l'écouter ? me demande Jim.

Après un temps d'hésitation, je le branche sur les enceintes. Nous mangeons en écoutant les morceaux que Loukas écoutait régulièrement. Jim se retourne vers moi.

— Je comprends pourquoi tu voulais le récupérer ! Ce sont de bons morceaux.

Lily se retourne vers moi. J'ai l'impression qu'elle veut me demander quelque chose, mais qu'elle n'ose pas. Alors je prends les devants.

— C'était celui de Loukas, et donc celui qu'écoutait Jack aussi, j'imagine. Il l'a gardé, comme l'égoïste qu'il est en se foutant bien du mal qu'il me faisait…

— Louise, tu ne comprends pas… Ils étaient très proches, même s'il ne le montre pas, son décès l'a affecté plus qu'il ne veut le montrer…

Je me lève ne pouvant en supporter plus !

— Et alors ? Tu crois que c'est le seul qui a perdu quelqu'un ? J'ai perdu mon jumeau ! Le jour où je fêtais mon anniversaire ! Nous avions tous trop bu, et ils ont eu cet accident… Tu crois que c'est peut-être facile pour moi de me lever tous les matins en sachant que les deux personnes qui restaient dans ma vie sont mortes à cause de moi ? Vous me faites tous chier !

Je m'enfuis dans ma chambre en claquant la porte. J'ai envie de hurler ! Mais de quoi ils se mêlent ? Et puis qu'est-ce qu'ils connaissent de ma vie, de mon ressenti ou du vécu que j'avais avec Loukas et Jack ? J'attrape un coussin et hurle dedans en me jetant à plat ventre sur le lit.

Deux coups, j'entends la porte qui s'ouvre et se referme doucement. Le matelas s'enfonce à côté de moi, une main me caresse les cheveux.

— Ma jolie, je sais ce que tu endures. Je n'ai pas perdu mon jumeau, mais Jack, tout comme l'est Jonas, était comme mon petit frère…

Je me retourne vers Lily, ses yeux sont humides. Elle s'allonge auprès de moi, son visage tourné vers le plafond. Elle ne me regarde pas.

— Tu es devenue très proche de lui n'est-ce pas ?

Je fronce les sourcils, je ne veux pas lui répondre. Elle éclate de rire.

— Tu sais, il n'a pas toujours été comme ça… Je veux dire, un connard imbu de sa personne qui se tape tout ce qui bouge et qui se fout de tout et de tout le monde…

Son sourire illumine son visage, j'ai l'impression qu'elle se remémore son passé, je ne dis rien, je ne sais pas si j'ai envie de savoir…

— Depuis quand Jack et ton frère étaient-ils ensemble ?

Toujours sur le ventre, je ferme les yeux. Mon Dieu, je ne sais même plus depuis quand…

— Officiellement ?

Elle se retourne vers moi, n'ayant pas l'air de comprendre ma question. Je souffle.

— En fait, ils se sont rencontrés il y a plusieurs années.

Je ferme les yeux, je les revois à essayer de cacher leur relation qu'ils n'assumaient pas. Ils étaient si jeunes. Je reprends :

— Ils se sont rencontrés pendant leurs études d'architecture. Ils sont restés ensemble quelque temps, mais Jack n'assumait pas cette relation, il avait toujours peur du qu'en dira-t-on, peur de la réaction de sa famille, de son entourage, alors il a mis fin à leur idylle. Loukas était dévasté, il était si amoureux de lui ! Il passait des soirées à me raconter à quel point ils étaient bien ensemble, à quel point il était heureux avec lui, mais aussi à quel point Jack n'assumait pas son homosexualité. Mon frère a fait une petite déprime, il est ensuite passé d'homme en homme, sans jamais retrouver les mêmes sensations qu'avec Jack. Le plus dur pour lui a été de continuer ses études en sachant qu'il le croisait presque tous les jours… Alors un jour, il a tout plaqué… Nos parents n'ont pas du tout accepté qu'il plaque tout après 6 ans d'études ! Il ne lui en restait que deux comme ils disaient. Mais Loukas ne pouvait plus le voir tous les jours, il ne supportait plus son ignorance ou de le voir avec d'autres. Alors il a tout plaqué et est venu s'installer chez moi, puis nous avons déménagé ici.

Je fais une pause, je revois le visage de mon frère, dévasté, amaigri, malheureux…

— Alors tu connaissais Jack depuis longtemps ?

Je souris. En effet, depuis presque aussi longtemps que Loukas le connaissait.

— Très… Un peu plus de 6 ans, il me semble…

Je ferme les yeux. Lily reprend :

— C'est incroyable qu'il ait réussi à garder tout ça pour lui… Jack… Il paraissait si… normal…

— Tu veux dire si hétéro ?

Elle rit :

— Non, bien sûr que non, ce n'est pas ce que j'ai voulu dire. Il paraissait soucieux, mais cela ne ressemblait pas à un chagrin d'amour… Nous pensions qu'il avait la pression avec ses études.

Après un silence, je lui demande ce qui me trotte dans la tête depuis quelques minutes :

— Comment vous êtes-vous connus ?

— Oh ! C'est très simple : nos parents étaient toujours ensemble. Ils faisaient partie d'un groupe d'amis inséparables. De ce fait, lorsqu'ils se retrouvaient (c'est-à-dire tous les week-ends) pour manger ensemble, pour les mariages, les baptêmes, les enterrements, les concerts… Nous étions là. Lorsque Jack est né, Jonas a tout de suite été très protecteur envers lui. Plus tard, il le traînait toujours avec lui. En grandissant, je voyais en Jack un mini Jonas. Lorsque Jonas a commencé à jouer de la guitare, je l'ai naturellement accompagnée au chant, puis Jack s'est mis à la basse. Nous passions nos après-midi et nos week-ends à chanter et jouer. Parfois, les parents nous accompagnaient, chantaient avec nous… Mon Dieu, qu'est-ce qu'on était heureux à cette époque !

Après un silence, je lui demande :

— Qu'est-ce qui a changé ensuite ?

Elle met un peu de temps à répondre.

— Ce dont je vais te parler, tu ne devrais pas le savoir, mais je voudrais que tu comprennes l'attitude qu'a Jonas, pourquoi il n'arrive pas à se remettre de la mort de Jack. Je vais te donner les grandes lignes. S'il veut t'en dire plus, il le fera. Ils avaient 4 ans d'écart. Un jour où Jonas était à la Fac, il est rentré plus tôt chez lui et a découvert Jack sur le sol de la cuisine, l'arcade sourcilière éclatée, la bouche en sang, pleurant en se tenant les côtes. Jonas a littéralement pété un plomb. Il est allé trouver son père dans le garage. Il avait encore les phalanges en sang. Il l'a explosé. Je veux dire, j'ai su par mes parents que si sa mère n'était pas intervenue ce jour-là, son père ne serait plus de ce monde. Depuis cette journée, Jonas n'a jamais remis les pieds dans la maison familiale, il n'a jamais revu ses parents. Ils sont partis tous les deux, Jonas a veillé sur Jack, il a travaillé pour payer leurs études…

Elle renifle, je me retourne vers son visage, elle a toujours les yeux au plafond, un léger sourire sur les lèvres. Elle continue lentement.

— Ils ont tenu plusieurs années, Jack faisant ses études d'architecture, Jonas qui travaillait et qui continuait ses études de droit…

Je relève la tête du coussin étonnée. Des études de droit ? Jonas ? Lily me sourit :

— Ouais je sais, il n'a pas vraiment le physique de l'emploi hein ? Il n'empêche qu'après avoir obtenu sa maîtrise et avoir été accepté en Institut d'études politiques, il a tout plaqué. Je veux dire, financièrement, il n'arrivait plus à assumer ses études et celles de Jack. Alors il s'est sacrifié pour que son petit frère puisse continuer.

Je l'observe toujours, des larmes coulent le long de ses joues. Je ne sais pas quoi lui dire. Jamais je n'aurais pensé qu'un homme comme lui puisse se sacrifier pour quelqu'un d'autre. Une question me chiffonne :

— Combien de temps ? Enfin, pendant combien de temps ont-ils vécu ensemble ?

Elle se retourne vers moi étonnée.

— Jusqu'à la fin.

Je me relève :

— Attends ! Tu veux dire que lorsque Jack était avec Loukas, il vivait avec Jonas ?

— Ben ouais !

— Il a déménagé ? Je veux dire après l'accident ? Est-ce que Jonas a déménagé ?

Elle me regarde en fronçant les sourcils et me répond par une autre question :

— Et toi ?

J'ai compris le message. Finalement, nous avons agi de la même façon face à leur décès. Elle se lève. Je la suis des yeux lorsqu'elle se retourne et me dit :

— Je ne t'ai rien dit d'accord ? Mais maintenant, tu en sais un peu plus sur lui…

Je m'assois contre le mur dans mon dos et regarde par la fenêtre tout en repensant à ce que vient de me dire Lily à propos de Jack et Jonas. Je n'arrive pas à l'imaginer sur les bancs de la fac et de droit ! Comment pouvait-il être à cette époque ? Et quel travail est-ce qu'il faisait pour payer les factures et l'appartement ? Je me pose bien trop de questions. Malgré tout ce qu'elle vient de me dire, Jonas restera toujours pour moi un connard égoïste et ronchon. Cela fait longtemps que je suis enfermée dans cette chambre à me poser bien trop de questions. Je souffle et me lève pour les rejoindre au salon. Ils sont partis en me laissant un mot sur le comptoir de la cuisine :

Bonne soirée ma belle, ne réfléchis pas trop, on sort. À plus !
Lily et Jim.

Je m'assois sur le canapé et continue mon manuscrit jusqu'à ce que la sonnerie de mon téléphone m'interrompe.

CHAPITRE 26

Louise

C'est Lily. Pourquoi est-ce qu'elle m'appelle à... Je regarde l'heure face à moi : 2 h du mat !

— Oui Lily ? Qu'est-ce qu'il y a ?

— Ma belle, je ne te réveille pas ?

— Non, je bossais...

Je l'entends rire au téléphone. Elle me répond gênée.

— Louise, j'ai besoin de toi...

— Besoin d'un chauffeur pour rentrer ? Dis-moi où je dois venir vous chercher !

— Heu...

— Lily, qu'est-ce qu'il y a ?

— Écoute, rejoins-moi à l'hôpital, aux urgences. Fais vite. À tout de suite.

Elle raccroche. Je reste immobile. Les urgences... La dernière fois que je m'y suis rendue c'était pour franchir les portes avec Loukas et en ressortir seule... Les images de cette nuit affluent. Je ferme les yeux et secoue la tête. Si Lily m'a appelée, c'est que c'est grave, elle connaît mon histoire et ne m'aurait pas demandé de venir si ce n'était pas important. Je file dans ma chambre et enfile un jean et un tee-shirt de Loukas qui traînent sur ma chaise ainsi qu'un sweat à capuche et des baskets oubliées devant la porte. Plus je me rapproche et plus mon cœur accélère, je me gare et souffle plusieurs fois afin de faire le vide et pour éviter à mes larmes de couler. Un message me sort de ma torpeur. C'est Jim.

{Je t'attends devant l'entrée des urgences.}

Je ne comprends rien, si Lily m'a appelée et que Jim m'attend, alors qui est hospitalisé ? Je descends et file vers l'entrée où j'aperçois Jim qui fume une clope en tapant du pied. Il se jette sur moi dès qu'il m'aperçoit :

— C'est cool que tu sois venue, allez viens !

Il jette sa clope au loin et m'attrape la main pour me tirer derrière lui. Lorsque les portes s'ouvrent, je m'arrête net. Les lumières, les odeurs, les bruits… Je reviens quelques mois en arrière. Je suis figée. Jim se retourne vers moi les sourcils froncés et je vois son visage. Il a un gros hématome sur la pommette, des points de suture sur l'arcade sourcilière et la lèvre ouverte. Cette vision me sort de ma torpeur.

— Merde ! Mais qu'est-ce qu'il t'est arrivé ?

Je m'avance vers lui en tendant la main, il grimace lorsque je lui touche la pommette.

— Ce n'est rien, j'en ai vu d'autres, viens…

— Lily ? C'est Lily c'est ça ? Mais parle-moi !

Des visages se retournent vers nous, mais je m'en fous. Il continue de me tirer derrière lui sans un mot. Nous nous enfonçons dans un couloir des urgences, j'entends des bruits sourds au loin, des cris. Plus nous nous approchons et plus les bruits et les hurlements augmentent. Jim s'arrête devant une porte d'où viennent les cris. Les mêmes qu'il y a quelques mois, je sais que c'est lui. Mais pourquoi est-il dans cet état ? Et comment est-il arrivé ici ? Je me retourne vers Jim, il secoue la tête…

— Écoute, ce n'est pas beau à voir. On est passé chez lui en fin de soirée, il ne répondait pas alors qu'on savait qu'il était là. J'ai défoncé la porte et…

Il ferme ses yeux humides, prend une grande respiration et souffle avant de reprendre :

— Il... Il était au sol, assis le dos contre le mur, des bières explosées autour de lui, des morceaux de verre...

Je le prends dans mes bras et lui caresse le dos.

— Il délirait complètement, il voyait Jack, il voulait le rejoindre, il s'excusait... Je... Il avait une conversation avec lui, Louise... Je... Je ne l'ai jamais vu dans cet état... Il ne nous voyait pas, il souriait, il ne bougeait pas, il était tout froid... Je... Je...

— Chut... Je lui caresse le dos.

— Les médecins l'ont réanimé en venant ici Louise, si on n'était pas repassé le voir... Putain ! Mais qu'est-ce qu'il lui a pris !

Je caresse toujours son dos et ferme les yeux en le serrant dans mes bras. Si je lui avais parlé de Jack comme il me l'avait demandé est-ce qu'il serait dans cet état ? Est-ce que je suis responsable de ça ? Un bruit sourd contre la porte nous fait sursauter.

— Barrez-vous ! Cassez-vous ! Laissez-moi tranquille !

Lily sort de la chambre avec une infirmière. Elle se jette dans mes bras.

— Oh, ma belle, tu es venue. Il s'est réveillé et il a pété un plomb. Il voulait voir le corps de Jack... Il... Il balance tout... Je... Je sais plus...

Elle se relève vers moi et je vois qu'elle saigne au front. Je lui touche la plaie...

— Oh, ce n'est rien ! Il ne l'a pas fait exprès...

— Vous pouvez me dire ce que je fais ici ?

— On a pensé que...

— Sérieux ! Mais quoi ? Il me déteste ! C'est à cause de moi qu'il est dans cet état et vous voulez que j'aille le calmer ? Pour quoi ? Qu'il m'envoie son poing dans la gueule ou qu'il me balance un truc pour se défouler ? C'est ça ? Il vous fallait quelqu'un pour lui servir de punching-ball ?

Lily se tourne vers Jim, ils ont une conversation silencieuse. Puis Jim se met face à moi.

— Écoute, on sait que vous avez vécu quelque chose de similaire. Le soir de l'accident, nous étions tous réunis, nous les avons vu partir, nous avons accompagné Jonas dans cet hôpital, nous l'avons soutenu lorsqu'il a perdu Jack. Mais nous avons aussi entendu tes cris ce soir-là, tes hurlements aussi… Vous… Vous avez réagi de la même façon face à leur perte. Nous ne te connaissions pas, mais nous avons deviné que ces cris venaient d'une proche de Loukas. Oh, Louise, nous avons tellement hésité à venir te voir ce soir-là, mais Jonas était tellement mal… Ils lui ont administré un calmant pour ne plus entendre ses hurlements… Et là, il est le même que ce soir-là Louise…

Je me laisse tomber au sol. Je savais ce soir-là que c'était le frère de Jack qui hurlait, je n'avais pas eu la force d'aller le voir. Comment est-ce que j'aurais réagi si Lily et Jim s'étaient rapprochés de moi ? Est-ce que j'aurais pu surmonter cette épreuve plus facilement ? Non… Quand je vois dans quel état est Jonas… Je souris…

— Qu'est-ce qui te fait rire ?

— J'ai aussi eu droit à une piqûre ce soir-là… Le médecin n'a pas apprécié que je lui refasse le portrait…

— Louise, est-ce que tu pourrais essayer ?

Je me relève et pose une main sur la poignée de la porte, mon cœur bat à tout rompre, je souffle et l'ouvre.

Ce que je vois en arrivant est assez impressionnant. Le lit est sur le côté, le matelas gît à l'opposé, les fils sont arrachés, ce que je devine avoir été une table de nuit n'est plus, et au milieu de tout ça, je vois deux infirmiers, un qui ceinture Jonas en lui tenant les bras et l'autre qui essaie de lui faire une piqûre. Il se débat en hurlant, en les traitants de tous les noms, il paraît si violent en cet instant. Lorsque j'avance dans la pièce après avoir refermé la porte, ses yeux gris orage s'ancrent dans les miens. S'il pouvait me bouffer, je crois qu'il le ferait sans hésitation. Il me hurle :

— Dégage, barre-toi ! Tu viens voir le spectacle !

Je souffle tout en avançant vers lui, je continue de le fixer tout en mettant mes mains dans mes poches. Je ne sais vraiment pas comment faire pour arriver à le calmer jusqu'à ce que je sente l'iPod que j'ai rangé là par habitude. Les infirmiers me demandent de partir, mais je continue d'avancer. Je prends les écouteurs dans une main et passe derrière Jonas qui est toujours maintenu par les infirmiers. Je lui mets les écouteurs sur les oreilles, il se débat et j'appuie sur Play. Il s'arrête net de bouger. L'infirmier en profite pour lui faire la piqûre de calmant, j'imagine, et ils sortent en me laissant seule avec lui. Il se laisse tomber au sol, des larmes coulent le long de ses joues, j'ai l'impression d'avoir un enfant devant moi, il se balance, murmure des mots que je ne comprends pas, appelle Jack… Il renifle…

Je ne peux empêcher mes larmes de couler en le voyant ainsi prostré. Instinctivement, je m'assois derrière lui, je passe mes jambes de chaque côté de son corps et m'appuie contre le mur derrière moi. Son dos se colle contre ma poitrine, je lui caresse les cheveux lentement. Sa tête se penche en arrière sur mon épaule, sa joue touche la mienne, sa respiration se calme petit à petit, ses larmes continuent de couler le long de sa peau. Il fredonne la chanson de Jack, je ne peux m'empêcher de poser mon autre main sur le bas de son cou pour sentir les vibrations de sa voix lorsqu'il chante. Je le regarde, ses yeux sont fermés, il est si beau, mon visage se rapproche du sien, je lèche ses larmes qui coulent.

Je me sens si coupable de l'avoir rejeté ainsi, serait-il dans cet état autrement ? Jonas tourne le visage vers moi, enfouit son nez dans mon cou, passe ses jambes sur les miennes, ses bras autour de moi et me serre autant qu'il peut. Je manque d'air, mais ne peux m'empêcher de le garder près de moi. Je le berce, lui caresse les cheveux. Il est si vulnérable en cet instant. Je sens son corps se détendre contre moi, les écouteurs sont tombés sur ses épaules. Il frotte son nez dans mon cou et me murmure : chante pour moi. Je suis étonnée qu'il me demande ça. Comment sait-il que je chante ? D'instinct, je lui chante *The Great escape* de Pink.

I can't understand how
Je ne peux pas comprendre comment
When the edges are rough and
quand les bords sont tranchants et
They cut you like the tiniest slivers of glass
Qu'ils te coupent comme les plus petits éclats de verre
And you feel too much, and you don't know
Et tu sens trop, et tu ne sais pas
How long you're going to last
Combien de temps tu vas tenir
Everyone you know is trying to smooth it over
Tout le monde tu sais essaie d'atténuer tout ça
Find a way to make the hurt go away
De trouver une façon de faire partir la douleur
Everyone you know is trying to smooth it over
Tout le monde tu sais essaie d'atténuer tout ça

Like you're trying to scream underwater
Comme si tu essaies de crier sous l'eau
But I won't let you make the great escape
Mais je ne vais pas te laisser faire l'échappée belle
I'm never going to watch you checkin' out of this place
Je ne vais jamais te regarder partir d'ici
I'm not going to lose you, 'cause the passion and pain
Je ne vais pas te perdre, car la passion et la douleur
Are going to keep you alive someday
Vont te garder en vie un jour ou l'autre
Gonna keep you alive someday
Vont te garder en vie un jour ou l'autre
I feel like I could wave my fist in front of your face
J'ai l'impression que je pourrais brandir mon poing devant ton visage
And you wouldn't flinch or even feel a thing
Et tu ne reculerais ni même ne ressentirais quoique ce soit
You retreated to your silent corner
Tu te retires dans ton silence
Like you decided the fight was over for ya'
Puisque tu as décidé que la bataille était finie pour toi
Everyone you know is trying to smooth it over
Tout le monde tu sais essaie d'atténuer tout ça
Find a way to make the hurt go away
De trouver une façon de faire partir la douleur
Everyone you know is trying to smooth it over
Tout le monde tu sais essaie d'atténuer tout ça
Everyone needs a floor they could fall through
Tout le monde a besoin d'un sol où ils pourraient s'écrouler
I won't let you make the great escape

Mais je ne vais pas te laisser faire l'échappée belle
I'm never going to watch you checkin' out of this place
Je ne vais jamais te regarder partir d'ici
I'm not going to lose you, 'cause the passion and pain
Je ne vais pas te perdre, car la passion et la douleur
Are going to keep you alive someday
Vont te garder en vie un jour ou l'autre
Gonna keep you alive someday
Vont te garder en vie un jour ou l'autre
Terrified of the dark, but not if you go with me
Pétrifiée par le noir, mais pas si tu viens avec moi
And I don't need a pill to make me numb
Et je n'ai pas besoin de pilule pour me rendre débile
And I wrote the book on running,
Et j'ai écrit le livre sur l'art de fuir,
But that chapter of my life would soon be done
Mais ce chapitre de ma vie devrait bientôt être fini
I'm the king of the great escape
Je suis le roi de l'échappée belle
You're not going to watch me checkin' out of this place
Tu ne vas pas me regarder partir d'ici
You're not going to lose me, 'cause the passion and pain
Tu ne vas pas me perdre, car la passion et la douleur
Are going to keep us alive someday
Vont nous garder en vie un jour ou l'autre
Yeah the passion and the pain
Ouais la passion et la douleur
Are going to keep us alive, someday
Vont nous garder en vie un jour ou l'autre

Je sens son corps qui se détend contre le mien, il s'endort. Je n'ose pas bouger, il est si serein en cet instant, alors je continue de le bercer, je lui caresse les cheveux, lui murmure des chansons.

Le froid me réveille, les crampes aussi, ma jambe gauche qui est sous les jambes de Jonas est tout endolorie. Je n'ose pas bouger de peur de le réveiller, mais j'ai froid, il faut que je bouge. J'essaie de me faufiler sous Jonas, mais celui-ci bouge et resserre sa prise sur moi. Je souffle. Mais il me prend pour son doudou ou quoi ? Sa main se pose sur mon sein, son nez se frotte dans mon cou, il ronronne. Mon corps réagit et frissonne. Je pose ma tête contre le mur et prends une grande respiration. Il fait toujours noir dehors, je ferme les yeux et essaie d'oublier ce mec beau comme un dieu qui me tient dans ses bras comme son doudou. Malgré le fait que je sais qu'il a un caractère pourri, je me rends compte que je suis bien dans ses bras, je suis détendue.

Je suis réveillée par une langue qui me lèche le cou, me mord, m'aspire, une main malaxe mon sein, une autre tire sur mes cheveux... La lumière s'allume dans la chambre. Je sursaute. Une infirmière apparaît et nous cherche du regard. Lorsque ses yeux se posent sur nous, elle sourit :

— Vous savez qu'il y a des endroits plus confortables pour ça les amoureux !

Elle dépose des cachets sur la table et repart avec un sourire sur les lèvres.

Je baisse les yeux pour voir la main de Jonas sous mon sweat, je sursaute et lui tire le bras en arrière en essayant de me lever.

— Jonas !

Il se retourne et pèse de tout son poids sur moi. Sa main se pose sur ma gorge, son visage se place face au mien, je sens son souffle sur ma bouche, ses yeux gris sondent les miens. Il ne bouge pas, me scrute, je n'arrive pas à me détacher de ses yeux gris. J'ai envie de l'embrasser, je veux m'avancer vers lui, mais sa main sur ma gorge m'en empêche. Alors j'avance ma main vers son visage et la pose sur sa joue. Il sursaute, il est surpris et fronce les sourcils. Ses yeux se ferment pour se rouvrir sur deux yeux couleur orage, son attitude a changé, il commence à me faire peur.

— Qu'est-ce que tu fous là, Louise ?

Je ferme les yeux.

— Je ne sais pas…

— Moi je sais très bien, tu ne savais pas quoi faire hier soir, tu avais besoin de distraction, alors tu es venue te repaître du spectacle !

— Mais qu'est-ce que tu racontes ? Lily et Jim s'inquiétaient pour toi, ils m'ont appelée pour…

— Pourquoi toi ? Hein ? Pourquoi ont-ils appelé la nana que je hais le plus au monde ?

Je suis sur le cul. J'ai l'impression qu'il va me bouffer. Je décide de partir, après tout, je ne suis pas venue pour me faire insulter par un connard. J'essaie de me lever, mais il me tient toujours le cou.

— Lâche-moi Jonas, je m'en vais.

Il me fixe, mais ne me lâche toujours pas. Je pose mes mains sur son poignet et le tire en arrière, mais il ne bouge pas. Je ne sais pas ce qu'il veut, je suis complètement déboussolée. J'ai envie de l'embrasser et envie de le gifler en même temps, j'ai envie d'être près de lui et de le consoler et envie de le renvoyer bouler. Je ferme les yeux pour qu'il ne voie pas à quel point je suis troublée par sa proximité. Je sens sa main sur mes joues, il essuie mes larmes qui coulent.

— Regarde-moi !

Je sursaute, mais garde les yeux fermés. Je ne veux pas croiser son regard.

— Louise. Regarde-moi !

Il a parlé plus fort, mais je ne veux toujours pas le regarder. Je sens son front qui se pose sur le mien, son souffle sur ma peau. Il me murmure :

— Putain, Louise, qu'est-ce que tu me fais ? J'ai autant envie de te faire du mal que de te prendre là, sur le sol, j'ai envie de t'embrasser et envie de te gifler, je te hais et j'aime ta présence près de moi...

Je sens sa bouche qui se pose délicatement sur la mienne. Il vient de dire exactement ce que je ressens.

— Idem.

— Quoi ?

Je lui réponds doucement :

— Idem, c'est exactement ce que je ressens en ta présence...

CHAPITRE 27

Jonas

Je suis sur le cul. Idem. Je fonds sur sa bouche sans lui laisser le temps de réagir. Je l'entends gémir, ses mains se posent sur mes joues, je me presse un peu plus contre elle. J'ai envie de la prendre, là sur le sol de cette chambre d'hôpital. Je m'assois et elle me chevauche, mes mains passent sous son tee-shirt, je sens sa peau chaude sous mes doigts froids. Je parcours sa taille, ses hanches, elle commence à se mouvoir sur moi, je suis à l'étroit dans mon pantalon. Je m'allonge au sol, elle sur moi, elle bouge toujours, se frotte à moi tout en continuant de m'embrasser. Deux coups à la porte qui s'ouvre en suivant. Louise se redresse et je vois le rouge lui monter aux joues. Elle se lève d'un bond et je grogne. Lorsque je me relève, je vois une infirmière et un médecin qui nous regarde avec un sourire aux lèvres.

— Monsieur Chanat ?

— Oui.

— Bien, vous avez fait un coma éthylique cette nuit. Après vous avoir réanimé dans le camion de pompier, nous vous avons réhydraté et réchauffé jusqu'à votre petit pétage de plomb…

Il fait le tour de la chambre du regard…

— Bref, vous avez l'air d'aller mieux, donc après quelques contrôles, vous pourrez rentrer chez vous et vous reposer quelques jours.

— Très bien.

Il ressort alors que l'infirmière se dirige vers moi. Louise tourne le regard et se dirige vers la porte pour sortir. L'infirmière remet une chaise sur ses pieds et m'invite à m'asseoir. Elle prend ma tension alors que son regard ne me quitte pas. Elle doit avoir une cinquantaine d'années, rousse, un peu ronde, des lunettes rouges rectangulaires qui remontent vers le haut…

— Elle a du cran, vous savez…

Je suis son regard qui est dirigé vers la porte que vient de passer Louise…

— Ah ouais ?

— Je me souviens d'elle, il y a quelques mois de ça. Elle se retourne vers moi. De vous aussi.

— Je ne comprends pas.

— J'étais de garde ce soir-là. Lorsqu'ils les ont emmenés. Elle est arrivée avec lui, elle lui tenait la main, elle lui parlait, j'avais l'impression qu'ils étaient amants. Elle lui disait à quel point elle l'aimait, qu'il devait être fort, se battre pour eux…

Je relève les yeux vers elle, elle a les larmes aux yeux…

— Lorsqu'ils ont refermé les portes sur lui pour l'opérer, elle s'est effondrée, littéralement. Elle était prostrée contre le mur, je lui parlais, mais elle n'entendait ni ne voyait rien. Un collègue l'a portée jusque dans une chambre, elle n'a même pas réagi la pauvre. J'étais là lorsque vous êtes arrivés quelques minutes plus tard. Vous avez eu la même réaction, vous ne vouliez pas qu'on vous sépare de lui. Vous avez hurlé lorsque vous avez appris son décès… Mais dans votre malheur, vous aviez la chance d'avoir vos amis près de vous… Lorsqu'elle l'a appris, elle était seule, elle a hurlé tout comme vous, elle a tout balancé tout comme vous, mais elle était seule, personne pour la consoler, pour la prendre dans ses bras. Pas de parents, pas d'amis.

Elle sourit :

— Alors j'ai fait ce que j'ai pu, je l'ai consolée jusqu'à ce que ses larmes se tarissent, je suis restée avec elle le reste de la nuit jusqu'à ce que quelqu'un vienne la chercher. Et elle a tout géré seule, les papiers administratifs, l'enterrement, elle s'est occupée de tout… Malgré sa douleur et son chagrin…

— Pourquoi me dites-vous tout ça ?

Elle pose sa main sur ma joue.

— Mon petit, tu es beau comme un dieu, mais je pense que tu es trop fier pour montrer quoi que ce soit. Alors, sache que cette jeune femme a vécu la même chose que toi ce soir-là. Mais alors que tu étais entouré pour supporter tout ça, elle est rentrée seule chez elle. Dis-toi qu'elle fera toujours en sorte de ne jamais s'accrocher à quelqu'un, de ne jamais être dépendante de qui que ce soit… aussi beau soit-il… Elle me fait un clin d'œil lorsqu'elle enlève le tensiomètre.

Alors qu'elle range ses affaires, Louise apparaît avec Lily et Jim. Je suis surpris de les voir, surtout leurs visages. C'est moi qui suis responsable de tout ça ? Je me lève, Lily se dirige vers moi d'un pas décidé, elle s'arrête face à moi et me gifle. Je suis surpris, mais pas tant que ça, surtout lorsqu'elle me prend dans ses bras tout de suite après.

— Ne me refais plus jamais ça tu m'entends ? J'ai eu si peur… Je ne veux pas te perdre Jonas…

Je la serre dans mes bras, ne sachant pas quoi dire. Je relève les yeux pour voir Louise et Jim qui se serrent dans les bras. Je ressens une pointe de jalousie surtout en sachant qu'ils ont déjà baisé plusieurs fois ensemble. Je me détache de Lily et me dirige vers Jim. Il se retourne vers moi et je vois son visage. Je ne sais pas quoi dire, je me sens comme un con. Il le voit et s'avance vers moi :

— Ne t'inquiète pas. Je te revaudrais ça un de ces jours mon vieux !

Il me prend dans ses bras sous l'œil vigilant de Louise. Celle-ci nous observe et son regard se fixe derrière moi. Elle sourit tendrement, ses larmes affluent dans ses yeux, l'infirmière qui remplissait mon dossier s'approche d'elle et la serre dans ses bras. Elle ferme les yeux, ses larmes coulent. L'infirmière lui chuchote quelque chose à l'oreille, elles se retournent vers moi en me faisant un petit signe et sortent toutes les deux. Je me sens con encore une fois. Lily me sort de ma torpeur.

— Allez beau-gosse, on te ramène chez toi.

Je récupère ma veste posée au sol et les suis. Lorsque je passe devant l'accueil, j'aperçois Louise et l'infirmière qui sont dans les bras l'une de l'autre. Je me remémore ce qu'elle vient de me dire. À quel point elle était seule ce soir-là. Les gars du groupe étaient avec moi, Lily aussi. Mes parents nous ont rejoints plus tard et se sont occupés de toute la partie administrative. Je n'ai eu qu'à me préoccuper de moi et de ma peine alors qu'elle devait tout gérer. Lily me prend la main et nous sortons. Jim nous rejoint quelques minutes plus tard.

— Louise rentre de son côté, elle a sa voiture garée plus loin.

Lily nous conduit chez moi. Je me rends compte que c'est un vrai bordel. Putain, mais comment est-ce que j'ai pu me mettre dans cet état ?

— Va te reposer me dit Lily, je vais ranger un peu.

— Laisse tomber, je vais le faire, rentrez.

— Écoute, me dit Jim, on aimerait rester un peu avec toi...

— C'est bon ! Barrez-vous ! Je ne vais pas me tirer une balle !

— Jonas, me dit Little Lil.

— Ça va, j'ai juste envie de me reposer tranquillement sans avoir une nounou près de moi.

Je l'embrasse sur le front et ils partent en me laissant seul. Je range tout le bordel que j'ai laissé la veille et me déshabille pour filer sous la douche. En prenant mes affaires qui traînent au sol, l'iPod de Louise tombe par terre. Je le mets sur mes oreilles et écoute encore une fois la voix de mon frère mêlée à celle de Louise. Je suis allongé sur mon lit, mais il me manque quelque chose, elle, sa chaleur, ses bras. Idem. Je lui envoie un message.

{Merci d'avoir été là cette nuit}

{Aucun problème, repose-toi bien}

Je n'ai pas l'impression qu'elle a envie de me parler...

{Ton iPod est resté dans ma poche, dis-moi quand tu veux le récupérer.}

Elle ne me répond pas tout de suite. Et puis...

{J'ai une copie, garde-le}

Au moins, ça a le mérite d'être clair. J'ai comme l'impression qu'elle n'est pas très en forme. Après ce qu'elle m'a dit à l'hôpital est ce qu'elle regrette ?

{Louise...}

Elle ne me répond pas. J'ai besoin de la voir. Je ne sais pas ce qu'il s'est passé à l'hôpital après qu'elle soit sortie de la chambre, mais elle a changé d'attitude en revenant. Je me lève et prends mes affaires dans l'entrée et file à ma voiture.

Je me gare devant chez elle et monte à l'étage. Je frappe, elle ne répond pas. Je colle mon oreille à la porte et entends de la musique en fond. J'appuie sur la poignée et à mon grand étonnement elle s'ouvre. J'entre et m'aperçois qu'elle n'est pas dans le salon ni dans la cuisine, la musique est à fond dans l'appartement. Je m'aventure jusqu'à sa chambre, des vêtements sont étalés partout sur son lit, mais pas de trace de Louise. Je me dirige vers la chambre de Loukas, elle n'est pas là non plus... Il ne reste que son bureau et la salle de bain. Je l'entends chanter, hurler sur la musique de Muse... La salle de bain. Je frappe, mais elle ne me répond pas. Je tourne la poignée et entrouvre la porte. Elle est sous la douche, elle chante à tue-tête. Je vois son ombre à travers la vitre, j'ai envie de la serrer contre moi. Je me déshabille, et me faufile derrière elle, elle sent ma présence et se retourne en criant :

— Mais qu'est-ce que ?

— Chuttt...

Je ne lui laisse pas le temps de réagir et fonce sur sa bouche. Elle essaie de me repousser, mais je ne veux pas. Même si je ne le reconnaîtrais jamais, j'ai besoin d'elle, de sa chaleur, j'ai besoin d'être en elle. Je force le passage avec ma langue, elle résiste, mais réponds finalement à mon baiser. Je gémis de contentement de la sentir si près de moi. Mon sexe ne demande qu'à s'introduire en elle. Je lui relève la cuisse sur ma hanche et la possède brutalement. Elle se tient à mes épaules pour ne pas tomber. Je n'ai pas envie d'être doux, je veux juste la posséder, lui montrer à quel point elle m'appartient, je veux lui montrer tout ça sans lui dire, juste lui faire ressentir les choses. Elle se penche en arrière, j'arrête l'eau de la douche, la pousse le dos contre le carrelage, son autre jambe s'enroule autour de ma taille. Ses gémissements sont de plus en plus forts, j'aime l'entendre gémir mon prénom, j'accélère la cadence, je veux l'entendre hurler. Je m'immobilise en elle afin de l'admirer en pleine jouissance. La tête en arrière, les yeux fermés, ses mains sur mon torse, elle ne peut s'arrêter de trembler. Je la soutiens lorsque ses jambes reposent au sol, son sourire illumine son visage. Elle s'agenouille devant moi tout en me regardant, lorsque sa langue lèche mon gland, je sens que je vais défaillir. Ses mains se placent derrière mes fesses et elle me prend en entier dans sa bouche, ses mouvements s'accélèrent, je tire sur ses cheveux, car je ne veux pas venir comme ça, je veux la sentir autour de moi. Je sors de la douche pour récupérer un préservatif dans mon jean. Elle me le prend des mains et me l'enfile. Elle me fait un baiser et je la retourne contre le lavabo. Ses yeux croisent les miens dans le miroir. Elle se penche en avant et colle ses fesses contre mon membre dressé contre elle. Je m'introduis en elle une nouvelle fois, elle ferme les yeux :

— Regarde-moi Louise !

Ses yeux croisent à nouveau les miens, je veux la voir jouir à nouveau. Ma main se pose sur son sein, l'autre sur son intimité pendant que je la pénètre lentement, j'ai envie de profiter de ce moment. Je me penche contre son dos, j'ai besoin de la marquer. Je lui mords le cou, l'aspire. Je sens la jouissance arriver, j'accélère mes mouvements tout en la serrant le plus possible contre moi. Lorsque son sexe se contracte à nouveau contre le mien, cela déclenche mon orgasme, violent. Mes spasmes calmés, j'ouvre les yeux et croise à nouveau ceux de Louise. Nous restons un moment ainsi, les yeux dans les yeux, pas besoin de paroles pour savoir ce que nous ressentons tous les deux. Je me retire d'elle et jette le préservatif avant d'entrer sous la douche. Elle ne me jette pas un regard et sort.

CHAPITRE 28

Louise

J'enfile un shorty et un tee-shirt et m'assois sur mon lit. J'avais décidé de dormir un peu pour rattraper ma nuit, mais je ne sais plus quoi faire. J'hésite entre aller lui hurler dessus de débarquer comme ça chez moi ou ne rien faire. Cet homme me déstabilise complètement. Et puis, il n'est pas censé être chez lui à se reposer ? Je me lève et vais fermer la fenêtre dans la chambre de Loukas, au moment de sortir, je fixe le cadre ou nous sommes Loukas, Jack et moi. Cette photo a été prise le soir de leur mort.

Je retourne dans ma chambre et me plonge sous la couette en fermant les yeux. Je laisse le choix à Jonas, moi, je ne sais plus. Je sens sa présence dans la chambre à l'instant où il entre. Je tourne le dos à la porte, il se glisse sous la couette, son torse se colle à mon dos, son bras passe sous ma tête, ses jambes se collent aux miennes, sa main passe sous mon tee-shirt et se pose sur mon ventre, il pousse mes cheveux sur le côté et enfouit son visage dans mon cou. Après quelques instants, il me chuchote :

— On parlera plus tard…

Je sens son corps se détendre contre moi. Je n'arrive pas à dormir malgré le fait que je sois très fatiguée. Mon esprit ne veut pas se poser, trop de choses se bousculent dans ma tête, je m'agite, sa main se pose sur mon sein, l'autre prend ma main.

— Arrête de réfléchir Louise, dors.

Je souris malgré moi. Je sais qu'il ne me voit pas, mais sa présence me rassure. Alors que mes yeux se ferment, je repense à la photo dans la chambre de Loukas où nous sommes tous les trois photographiés. Nous voulions garder un souvenir de mon anniversaire, nous devions fêter celui de Loukas le lendemain. Nous étions faux jumeaux, et nos parents n'ont jamais fêté nos anniversaires en même temps, ils disaient que nous étions peut-être jumeaux, mais que nous avions droit à chacun notre fête d'anniversaire. Donc, depuis notre tendre enfance, nous avons fêté nos anniversaires avec un jour d'écart. En grandissant, nous avions décidé que l'un le fêterait le vendredi et l'autre le samedi soir. L'année suivante, nous changions, Jack trouvait cela très bizarre, mais amusant.

Flash-back

Ce vendredi soir était donc le soir où je devais fêter mon anniversaire, nous avions décidé d'aller manger ensemble dans un bon restaurant puis de finir la soirée en boîte, mais Jack était arrivé avec une super nouvelle. Il devait rejoindre son frère et le groupe pour fêter la signature de plusieurs dates de concert dans de grandes salles. Nous avions commencé la soirée chez nous, en prenant l'apéritif avec quelques amis puis nous sommes allés au restaurant. L'ambiance était géniale, nous riions, étions heureux d'être ensemble. Jack regardait souvent son téléphone, il envoyait beaucoup de messages. J'imagine que son frère l'attendait pour fêter la bonne nouvelle avec lui. Après le repas et plusieurs digestifs, nous étions tous de bonne humeur. Dans un élan, Jack a pris son téléphone et nous a pris en photo tous les trois. Nous étions pétés, mais heureux, si heureux qu'ils ont décidé que c'était le bon moment pour avouer au frère de Jack leur relation. Je me souviens leur avoir dit de foncer, que je les rejoindrais plus tard, car je n'avais rien à faire avec eux pour ça. Après m'avoir dit combien ils m'aimaient, ils sont partis de leur côté. Il était convenu que je les rejoigne en taxi à l'adresse du bar que m'avait donné Jack. Après quelques verres en plus et des au revoir qui traînaient en longueur, j'ai pris un taxi pour les rejoindre. J'étais si impatiente de les retrouver pour savoir comment son frère avait réagi et surtout de les voir libres et soulagés d'un poids bien trop lourd pour eux.

Mes larmes coulent lorsque je revois la scène. Des lumières bleues, les camions de pompiers, le bruit de tôle que l'on découpe, les étincelles jaunes, mon cœur qui s'arrête de battre lorsque je reconnais la voiture, ce petit autocollant rouge sur le pare-brise en forme de bouche, puis mon cœur qui bat à tout rompre lorsque je me rue vers la voiture que l'on découpe. Je crois que je hurle, que je crie leurs noms, que je me débats entre les bras d'un homme en bleu qui me dit qu'il faut me calmer. Je ne peux pas, il faut que je les voie, je dois savoir. Puis une voix me dit :

— Ils sont vivants, mal en point, mais vivants… Calmez-vous.

J'entends leurs cris, des hurlements, les pompiers accourent vers un camion avec une civière, je m'approche et me rends compte que c'est Loukas qu'ils viennent de dégager. Je me précipite dans le camion de pompier avec lui, il a du sang partout, il saigne à la tête, les mains, il a les cervicales immobilisées ainsi que son corps qui est dans une coquille, ses yeux sont fermés. Je lui prends la main et lui murmure :

— Je suis là, reste avec moi, ne pars pas, ne m'abandonne pas…

Il gémit, ses yeux s'ouvrent, partent de tous les côtés. Il a peur, il a mal. Je n'arrive pas à retenir mes larmes tant sa souffrance me cloue au sol.

— Reste avec moi Loukas, je t'aime tellement, ne me laisse pas seule, reste près de moi…

Sa main presse la mienne, ses larmes coulent à travers ses yeux fermés, il ne peut pas parler. Le moniteur auquel il est branché s'affole, un pompier me bouscule pour s'approcher de lui, il lui fait une piqûre par la perfusion et demande au chauffeur d'accélérer. Je suis complètement perdue, je n'ai plus que lui. Il est ma seule famille, mon double, mon autre moi-même. Le camion se gare enfin. Les portes s'ouvrent sur des blouses blanches, je ne veux pas le quitter, les personnes m'écartent, me séparent de lui, ils l'emmènent derrière des portes battantes, puis le silence. Je m'effondre au sol contre le mur. Une infirmière me demande de bouger, je ne peux pas. Je ne pense qu'à lui. Des bras me prennent et me posent sur un lit, je crois. Je n'arrive plus à penser, à aligner un mot. Je suis dans l'attente, mon frère est entre leurs mains. Je me créer une bulle protectrice, je ne vois pas les gens bouger autour de moi. Puis soudain un cri, un hurlement :

— Non ! NON ! NOOOONNN ! Essayez encore putain ! C'est impossible ! Il était vivant quand on est arrivé !

Puis un grand bruit, quelque chose qui se renverse par terre, d'autres cris, de désespoir, des pleurs. Je me referme dans ma bulle, les genoux contre mon torse, les bras autour, je me balance d'avant en arrière. Je me sens si seule.

Une blouse blanche apparaît devant mon lit. Un homme d'un certain âge avec les cheveux grisonnants, il tient un dossier qu'il regarde avant de m'adresser la parole. Je vais enfin avoir de ses nouvelles, mon cœur bat plus vite, je veux savoir comment il se sent.

— Êtes-vous de la famille de… Il regarde une feuille, Loukas ?

Je me redresse d'un mouvement.

— Oui ! Comment va-t-il ? Est-ce qu'il va pouvoir rentrer à la maison ?

Le médecin me fixe puis me fait signe de m'asseoir sur le lit, il pose sa main sur la mienne.

— Vos parents ont été prévenus ?

— Je… Non, nous sommes seuls, ils sont décédés il y a cinq ans.

— Bien, Loukas était grièvement blessé en arrivant, nous avons fait tout notre possible pour le sauver, mais son cœur…

Je n'entends plus rien, je sais déjà ce qu'il va me dire, je hurle, je crie, je pleure, je balance tout sur mon passage. Je dois me défouler. Des mains m'enserrent, on pique mon bras, tout s'assombrit autour de moi.

Je me réveille quelques heures plus tard, je sens qu'il me manque une part de moi-même, Loukas n'est plus. Que vais-je devenir sans lui ? Comment vais-je pouvoir continuer à avancer ? Je me relève lorsqu'une infirmière m'apporte un plateau qu'elle pose devant moi.

— Comment vous sentez-vous ?

Je relève les yeux vers elle, ils s'emplissent de larmes silencieuses. Je ne peux pas les arrêter. Elle s'avance vers moi et me serre dans ses bras en me caressant le dos. Lorsque je me suis calmée un peu, elle me dit que quelqu'un souhaite me voir. Elle ouvre la porte sur Sarah, mon amie qui était avec nous hier soir au restaurant. Elle accourt vers moi et me saute dans les bras.

— Ma belle, je suis tellement désolée, je…Je n'arrive pas à croire qu'ils ne sont plus là…

Je relève la tête vers elle. Mais que veut-elle dire ?

— Jack est décédé peu après son arrivée hier soir. Il avait trop de blessures internes et…

Je la coupe en levant une main vers elle. Alors les cris et les hurlements hier soir, c'était pour Jack. Je ne l'ai même pas vu, je ne lui ai même pas dit au revoir. Je continue de pleurer.

Cela faisait longtemps que je ne m'étais pas autorisé un retour en arrière, est-ce le fait d'avoir été à l'hôpital aujourd'hui ? D'avoir revu Dolorès qui s'était occupée de moi ce soir-là ? Où est-ce tout simplement la présence de Jonas auprès de moi ? Je repense aux cris ce soir-là à l'hôpital, étaient-ce ceux de Jonas ? Il fredonne une mélodie que je ne connais pas, les vibrations de sa voix grave me bercent et je pars.

Je me réveille doucement, je sais que je suis dans ses bras, je veux prolonger ce moment. Je frotte mon nez dans son cou, j'aime son odeur, je me colle un peu plus à lui, ma jambe est passée sur les siennes, ma main dans son cou. Je ne sais pas s'il dort encore, je veux juste profiter de ce moment de tendresse avant que l'on discute tous les deux. Sa main, posée dans mon dos, passe sous mon tee-shirt et me caresse lentement. Son autre main passe dans mes cheveux. Je ne veux toujours pas ouvrir les yeux, juste profiter du moment présent. Nous restons ainsi quelque temps. Je ne sais pas l'heure qu'il est, j'aimerais arrêter le temps. Une sonnerie de portable au loin me fait sortir de ma torpeur. Jonas bouge sous moi, mais je ne veux pas me décrocher de lui. Je passe mes mains dans son cou, ma jambe s'ancre à sa taille, il s'assoit dans le lit et je reste accrochée à lui. Il se lève en me soulevant sans mal et part à la salle de bain avec moi accrochée à lui. Il attrape son téléphone qui arrête de sonner au moment où il l'attrape. Il le pose sur le lavabo, je suis toujours accrochée à son cou. Je ne l'ai toujours pas regardé, je le serre le plus possible. J'ai juste besoin de tendresse, depuis que Loukas n'est plus là, je n'ai plus personne à qui me raccrocher.

— Allez petit Koala…

Il essaie de me décrocher les bras, mais je les serre un peu plus. Son visage passe dans mes cheveux, son bras maintient ma taille, sa main dans mes cheveux, il se dirige vers le salon et s'assoit sur le canapé. Nous restons blottis l'un contre l'autre un moment, à profiter du calme de la nuit qui nous entoure.

— Tu sais qu'on ne va pas pouvoir rester ainsi…

Je me redresse, et me noie dans ses yeux gris. Il a l'air détendu, serein.

— Je sais…

Je veux descendre de ses jambes, mais il me maintient par la taille.

— Louise…

— Je sais, je sais… On doit discuter… Mais… On peut manger avant ?

Il éclate de rire, j'en fais autant. Il se lève avec moi toujours accroché à son cou. Il me pose sur le plan de travail, passe la main dans ses cheveux en regardant autour de lui.

— Alors ? Qu'est-ce qu'on mange ?

Je saute au sol, pose mes mains sur sa taille et le pousse.

— Bouge, je gère.

Lorsqu'il se dirige vers le salon, je ne peux m'empêcher de le suivre des yeux. Il est torse nu, en boxer, pied nu, ses muscles roulent sous sa peau encrée, il faudra que je prenne le temps de les détailler un jour…

— Ce que tu vois te plaît ? Il éclate de rire.

Je pique un fard et me retourne vers la cuisine. Pendant que je prépare à manger, il met de la musique et pianote sur son portable. Nous nous attablons pour manger les spaghettis carbonara que j'ai préparés.

— Tu sais que je pourrais y prendre goût ?

Je relève la tête vers lui.

— À quoi ?

— À toi dans mes bras, à toi qui me prépares à manger, à moi en toi…

Je sens mes joues rougir. Il éclate de rire encore une fois, j'adore ce son.

— Ha et tu as oublié à moi qui te lave ton linge, fais ta vaisselle…

— Me fais l'amour…

Je secoue la tête et continue de manger tout en sentant son regard sur moi. Il pose ses couverts dans son assiette. Je ne veux pas avoir cette conversation, j'aimerais que tout soit simple. Mais je sais que l'histoire de nos frères sera toujours entre nous si on n'éclaircit pas les choses. Je relève les yeux, il me regarde, les bras croisés sur son torse, le dos appuyé sur le dossier de sa chaise. Je me lève et débarrasse, cela me permet de faire le vide dans mon esprit, je ne sais pas par où commencer. Je sens ses bras autour de moi, il se colle à mon dos et me murmure :

— De quoi as-tu peur ?

Je me retourne vers lui et ferme les yeux.

— Regarde-moi Louise.

— Je ne sais pas, j'ai... Je...

— Louise...

— Écoutes Jonas, j'ai tout rangé dans un coin de ma tête et... Je n'ai pas forcément envie de repenser à tout ça...

— Ma belle, je te demande juste de me parler de mon frère ! Les bons moments, comme ses peines avec ton frère... Je... Putain !

Il me tourne le dos, se dirige vers le salon et sort sur la terrasse. Je décide de nous faire des cafés afin de le laisser un peu seul un instant et je le rejoins. Le jour se lève sur un ciel rose, il fait un peu frais, mais je m'assois à côté de lui par terre, le dos contre le mur en déposant une tasse fumante devant lui. Il se retourne vers moi.

— Je...

— Non ! Je comprends... Demande-moi ce que tu veux... J'essaierais d'y répondre.

— Comment était-il ?

J'éclate de rire.

— Quoi ?

— Tu n'as pas plus vaste comme question ? Vraiment !

Il se retourne vers moi et prend mon visage entre ses mains.

— Louise, il faut que tu saches une chose, je vivais avec mon frère, nous partagions notre appartement, nos repas, notre salle de bain, nos études, notre passion pour la musique, la scène, mais au fond, je me rends compte que nous étions deux colocataires qui ne se connaissaient pas vraiment.

— Jonas...

— Non, je veux que tu comprennes pourquoi je te demande ça. Lorsque nous vivions chez nos parents, il était si insouciant, il me racontait toujours ce qui se passait dans sa vie, j'étais toujours au courant de tout, et… J'étais fier de lui tu sais, il me faisait marrer, il voulait tout faire comme moi, et j'adorais ça ! Ensuite, je suis parti à la Fac, je le laissais la semaine, mais on se retrouvait le week-end, je l'amenais avec moi en bringue, il était tellement fier d'être avec moi…

Il ferme les yeux et pose son dos contre le mur en buvant une gorgée de café.

— Qu'est-ce qui a changé entre vous Jonas ?

Il souffle.

— À vrai dire, je ne sais pas vraiment. Un soir, je suis rentré plus tôt, j'avais des cours annulés et j'avais décidé de faire la surprise à Jack et de l'amener avec moi pour le week-end avec mes potes. Lorsque je suis rentré, la maison était vide, je me suis dirigé vers la cuisine et je l'ai vu, allongé sur le sol, recroquevillé comme un enfant, il se tenait les côtes. Quand je me suis jeté au sol, il a tourné la tête vers moi et son visage, putain, jamais je ne pourrai oublier son visage Louise… Il était inondé de larmes, mais surtout, le sang… Il avait la bouche en sang, l'arcade sourcilière aussi, un bleu énorme sur la pommette. Il me regardait et ne comprenait pas ce que je faisais là… Quand je lui ai demandé ce qu'il s'était passé, il m'a dit de laisser tomber, que ça allait, il a voulu se relever, mais s'est tordu de douleur. Alors j'ai compris qui l'avait mis dans cet état. Je suis sorti, je suis allé directement au garage et je l'ai trouvé, il s'essuyait les mains qu'il venait de se laver, mais sa chemise portait encore le sang de son fils…

Il penche la tête en avant, je lui caresse le dos tout en regardant le jour se lever.

— Alors… J'ai pété un plomb, je ne lui ai pas parlé, je lui ai sauté dessus et j'ai frappé. J'entendais des cris au loin, mais je ne pouvais pas m'arrêter. Je… Je voyais le visage de mon frère allongé au sol. Des bras m'ont soulevé pour m'écarter de lui et je suis parti.

— Tu es parti comme ça ?

— En fait, je suis monté dans la chambre de Jack, j'ai pris toutes ses affaires dans des sacs, ses papiers, j'ai tout chargé dans la voiture et ensuite je suis retourné le chercher. Ma mère, elle savait, tu sais. J'ai pris mon petit frère dans mes bras et nous sommes partis.

— Comment est-ce qu'il s'en est remis ?

Il sourit.

— Il a passé plusieurs jours à l'hôpital : deux côtes fêlées, et plusieurs points sur le visage…

Il se prend la tête entre les mains, je ne sais pas quoi faire…

— Il t'aimait, tu sais…

Jonas relève le visage vers moi en fronçant les sourcils.

— Je veux dire, lorsqu'il parlait de toi, il était… Il était si fier. Il nous parlait du groupe, à quel point il aimait jouer avec vous. Lorsqu'il était en architecture avec mon frère, ils se retrouvaient souvent chez moi pour se cacher. Je les laissais, je sortais pour leur laisser du temps ensemble, car Jack ne voulait pas assumer son homosexualité, il… Il ne voulait pas te décevoir, je pense…

Il souffle à côté de moi. Je rajoute :

— Mais… Je pense qu'il avait peur de la réaction de sa famille aussi, le rejet. Tu crois que votre père savait ?

— Je me suis souvent posé la question, j'ai demandé à Jack depuis combien de temps… Mais il m'a dit que c'était la seule fois.

— Tu l'as cru ?

— Non, mais nous n'en avons jamais reparlé, il évitait toujours le sujet…

J'hésite un moment avant de lui dire ce qu'était venu me confier Loukas à propos de Jack. Il ne savait pas comment agir avec lui, alors il m'avait raconté ce que lui avait dit Jack, il avait besoin de conseil.

— Ce n'était pas la première fois Jonas, je veux dire…

Je n'ose pas lui dire, après tout à quoi cela va lui servir de le savoir ? Il se place à genoux devant moi et pose ses bras sur mes genoux relevés.

— Louise, je dois savoir, je veux savoir. J'ai envie de comprendre, le pourquoi, je veux savoir tout ce que j'ai raté…

— Très bien. Alors cela a commencé lorsque tu es parti à la fac…

Je vois qu'il retient son souffle tout en me regardant fixement.

— Il… Il n'avait pas beaucoup d'amis et d'après ce que j'ai compris, ton père le chambrait souvent sur les filles, sur le fait qu'à son âge, son frère avait déjà ramené plusieurs filles à la maison…

Il lève un sourcil.

— Je crois que la première fois c'est lorsque Jack lui a répondu par rapport à sa comparaison avec toi, ensuite, ton père trouvait toujours une excuse, je pense qu'au fond de lui il savait pour ton frère, mais qu'il ne l'a jamais accepté. Alors, le jour où tu es arrivé en avance, tu… Tu lui as sauvé la vie…

Il redresse le visage vers moi et me crie dessus :

— Qu'est-ce que tu dis ?

— Jonas…

— Putain Louise ! Pourquoi dis-tu ça ?

— Je… Loukas… Il… Je souffle. OK. Le jour où tu l'as trouvé au sol, il venait de dire à ton père qu'il préférait les hommes. Il s'en doutait, mais le fait de l'entendre de vive voix l'a fait sortir de ses gonds. Il s'est arrêté lorsqu'il a entendu ta voiture arriver. Il, il est parti en le laissant là…

Je renifle, je ne me rendais pas compte que je pleurais.

— Il t'aimait tant, il était si fier d'être ton frère… Mais il avait peur, il voulait que tu continues de le regarder comme tu le faisais et pas comme un petit frère homo.

— Mais… jamais…

— Je sais, mais il te voyait avec tellement de femmes, et vous faisiez souvent des paris sur elles avec les gars du groupe, qu'il n'a jamais osé te l'avouer.

Jonas s'avance vers moi, j'écarte mes jambes et je le prends dans mes bras en le berçant, en lui parlant doucement.

CHAPITRE 29

Jonas

Je reste dans la chaleur des bras de Louise qui me bercent. Même si au fond de moi je savais, je me rends compte que c'est compliqué de me l'avouer : je n'ai rien voulu voir. Je me suis voilé la face, j'ai fait semblant, je n'étais pas moi-même avec lui. Je jouais au grand frère protecteur alors qu'en fait je faisais tout pour éviter de le connaître un peu plus.

Je frotte mon nez dans le cou de Louise, j'aime tellement son odeur, elle tremble. Je relève mon visage vers le sien, elle garde les yeux fermés, des larmes coulent le long de ses joues, mais elle sourit en même temps. Est-ce à cause de moi qu'elle pleure ? De notre histoire inachevée ? J'ai envie de la réconforter, de la serrer un peu plus dans mes bras. Je la serre aussi fort que je peux, elle passe ses jambes autour de ma taille et je me lève pour me diriger vers le salon. Lorsque je m'assois sur le canapé, elle relève les yeux vers moi. Elle semble vouloir me dire quelque chose, mais on dirait qu'elle hésite.

— Qu'est-ce qu'il y a ?

— Rien...

Elle regarde derrière moi. Je lui relève le menton pour qu'elle me regarde dans les yeux.

— Louise...

— Je reviens...

Elle se lève et part vers les chambres. Elle revient quelques minutes plus tard avec son ordinateur dans les mains. Elle me le donne. Je le pose sur mes genoux et la regarde en fronçant les sourcils. Elle ouvre un dossier où il y a énormément de photos et de vidéos.

— Tu m'expliques ?

— Écoute, je ne sais pas comment t'expliquer comment était Jack lorsqu'il était avec nous, alors… Je… Je ne sais pas comment il se comportait avec toi, je…

Elle souffle et se reprend :

— Tu as dans ce dossier toutes les photos et vidéos que j'ai d'eux… De nous…

Je relève la tête vers elle.

— Je sais, c'est malsain, mais j'avais besoin de les voir tous les jours, tu comprends ? Comme avant ! Je n'arrivais pas à accepter qu'ils aient disparu !

Je ferme les yeux et la culpabilité m'assaille. Que va-t-elle penser lorsque je vais lui dire qu'ils sont morts à cause de mon caractère de merde ? Je vais attendre encore, je veux voir ce qu'elle m'a mis sous les yeux. Je veux connaître le vrai Jack, celui qui ne se cachait pas derrière un masque d'hétéro accompli. Elle ouvre le dossier et des centaines de photos et de vidéos apparaissent. Je me retourne vers elle étonné.

— J'ai rassemblé toutes celles que j'ai pu trouver…

Je hoche la tête et n'ose pas commencer, mon cœur va exploser, je meurs d'envie de regarder ces photos tout comme j'appréhende de voir ce que j'ai raté de sa vie. Elle approche sa main du clavier et appuie sur entrée. Je vois défiler devant mes yeux lentement des photos de mon frère. Il est si radieux, si souriant, si heureux. Sur presque toutes, il sourit. Il y a beaucoup de photos de lui avec Loukas, des photos qui débordent de tendresse et d'amour, des photos où il fait l'andouille, où tout le monde rit avec lui, des photos où il joue de la basse avec Loukas le dévorant des yeux. Mais comment est-ce que j'ai pu passer à côté de tout ça ?

Je me rends compte qu'il était toujours triste et fermé avec moi. Nous n'avions pas les mêmes délires… Et je me dis que mes délires à moi c'étaient les nanas et la picole ainsi que le groupe. Là où moi, je faisais la bringue tous les soirs en profitant d'une ou plusieurs femmes, lui était un homme rangé et amoureux comme jamais. Finalement, c'était lui l'adulte dans la maison. Je relève les yeux pour voir que Louise n'est plus là. Je continue, je n'arrive pas à détacher mes yeux de ces photos qui défilent devant mes yeux. J'essaie d'imaginer quand elles ont été prises suivant la façon dont il est habillé, je reconnais quelques vêtements et rigole lorsque je vois que certains m'appartiennent. J'analyse chaque photo, chaque position, chaque détail de chacune d'entre elles. Je mémorise son visage, ses sourires, ses grimaces…

Lorsque les vidéos commencent, j'attrape mes écouteurs pour mieux entendre le son de sa voix. Je pleure, je ne peux m'empêcher de pleurer. Je suis content que Louise ne me voie pas comme ça, je comprends pourquoi elle m'a laissé seul. Je bloque sur une vidéo, elle est parmi les dernières, il joue de la guitare et chante cette fameuse chanson avec Louise. Loukas les filme. Lorsqu'ils ont terminé, Loukas pose le téléphone, mais n'arrête pas la vidéo. Je me concentre sur leur discussion :

— Alors ? demande mon frère, c'était comment ?

Loukas : Vous étiez fabuleux ! Sérieux ! S'il ne comprend pas, qu'il n'accepte pas tout de suite, c'est mort…

Louise : Après, tu ne devrais pas lui faire un dessin avec ?

Jack : Louise ! Tu fais chier de tout gâcher…

Louise : Quoi ? Moi ? Je gâche tout ? Mais je suis en train de chanter une chanson avec toi que j'aime autant que mon frère pour… merde !

Loukas : Louise… S'il te plaît…

Louise : Quoi ? Ne me dis pas que tu ne vis pas avec un connard égoïste non ? Ça fait combien de temps Jack ?

Jack : Quoi ?

Louise : Combien de temps que vous vivez ensemble ? Et il ne s'est aperçu de rien ? Mais ouvre les yeux ! Tu es beau comme un dieu, toutes les femmes se retournent sur toi lorsque tu entres quelque part, et tu n'en as jamais ramené une dans ton lit ? Mais merde quoi ! Faut pas sortir de Saint-Cyr pour deviner non ?

Loukas : Louise arrête…

Louise : Vous savez quoi ? Vous me faites tous chier ! Toi, tu me fais chier à te démener pour lui faire comprendre, car il est trop obnubilé par sa petite personne pour se rendre compte de qui tu es vraiment ! Ton connard de frère me fait chier, parce qu'il ne comprend rien ! Il vit sous le même toit que toi, mais ne te vois même pas, il ne voit pas que tu es malheureux de lui cacher ou quoi ? Et toi Loukas tu me fais chier parce que tu n'arrêtes pas de le materner bordel ! Vous êtes des hommes ! Alors assumez qui vous êtes nom de Dieu !

J'entends une porte qui claque, les garçons continuent de discuter.

Loukas : Oublie ce qu'elle vient de dire, elle pète les plombs parfois, tu sais comment elle est.

Jack : Tu sais qu'elle a entièrement raison non ? C'est vrai quoi ? Qu'est-ce qui m'empêche de tout lui dire hein ?

Loukas souffle.

Jack : Ah, mais je sais ! J'ai peut-être peur qu'il me rejette, autant que l'autre connard ! Et je te jure que je ne pourrais pas supporter que l'homme que j'aime le plus au monde me rejette, je ne pourrais pas faire face, je ne veux pas le perdre, tu comprends ? Il est tout pour moi, tu le sais ?

Loukas : Je sais Jack, je sais. Mais on va aller lui dire… Ensemble…

Jack : Je ne sais pas ce que je deviendrais s'il ne…

La vidéo se coupe. Je ne peux pas aller plus loin. Louise n'est toujours pas réapparue. Quand je repense à ce soir-là, mais quel connard j'ai été ! Ils étaient venus me voir pour me l'annoncer et moi j'ai littéralement pété un plomb. J'en suis même arrivé aux mains avec Loukas en lui disant que tout était sa faute…

Je repose le portable sur la petite table devant moi. Je récupère mon téléphone et copie tout dessus. Lorsque c'est terminé, je ne sais plus quoi faire. Est-ce que je dois tout avouer à Louise ? Est-ce que je dois tout garder pour moi ? Comment est-ce que je vais pouvoir la regarder en face après ce que je viens de voir ? Je ne pensais pas qu'elle avait un lien si fort avec lui. Et dire qu'elle croit que tout est sa faute, qu'ils ont eu cet accident, car ils avaient trop bu pour fêter son anniversaire. Alors qu'en fait, ils sont morts à cause de moi, de mon rejet, de mon incompréhension…

Je me lève et décide de partir avant que Louise réapparaisse, je suis trop lâche pour lui avouer, j'ai trop peur de sa réaction, de la réaction des autres, du groupe, de Lily, de Jim, s'ils venaient à apprendre qu'ils sont morts par ma faute. Je préfère que Louise pense qu'ils sont morts à cause d'elle plutôt que d'assumer mes torts. Mais je dois partir, comme le lâche que je suis, je ne pourrais plus la regarder en face après ce que je viens de voir, du lien qui les unissait.

Je file discrètement à la salle de bain et récupère mes fringues toujours au sol, m'habille et attrape mes chaussures dans l'entrée. Alors que j'ai ma main sur la poignée de la porte, j'entends derrière moi :

— Alors ça y est, tu as eu ce que tu voulais et tu t'en vas ?

Je me retourne en fronçant les sourcils.

— Louise, ce n'est pas ce que tu crois…

— Ah oui ? Alors qu'est-ce que c'est ?

— Mais putain Louise ! lui hurlé-je dessus.

— Mais putain quoi ! Tu es venu, tu m'as fait l'amour, je t'ai parlé de ton frère, je t'ai montré tout ce que j'avais de lui et maintenant tu te barres ?

— Écoutes, j'ai besoin…

— D'être seul ? De faire le point sur ta vie sans ton frère ? Tu veux que je t'envoie les photos et les vidéos par mail ?

Je regarde le sol, elle comprend :

— Mais qu'est-ce que je peux être conne ! Bien sûr, tu t'es servi n'est-ce pas ?

Je relève les yeux vers elle, j'ai l'impression qu'elle va me bouffer. Comment lui expliquer que je pars, car je ne vais pas supporter de la regarder en face sans rien lui dire ? Je suis trop lâche pour lui avouer la vérité sur leur mort. Je préfère qu'elle pense que c'est à cause d'elle que tout est arrivé. Je passe la porte et file vers ma voiture sans me retourner.

CHAPITRE 30

Louise

Je n'ai jamais eu autant envie de sauter à la gorge de quelqu'un qu'en cet instant. Je me suis encore fait avoir ! Je pensais que nous nous étions rapprochés alors qu'en fait ce n'était que par intérêt, il voulait juste en savoir un peu plus sur son frère. Je hurle de rage. Il est plus de 5 h, je vais me recoucher même si je n'ai pas vraiment envie de dormir. Je pose ma tête sur l'oreiller, je sens son odeur. Je ferme les yeux et sens ses bras autour de moi, son visage dans mon cou… Non, non, non, il faut que j'arrête de penser à lui. Je jette le coussin au sol. Ce n'est qu'un connard égoïste qui voulait juste en savoir plus sur son frère. Mais quel beau connard ! Je revois ses tatouages bouger sur sa peau, son diable me recouvrir lorsqu'il est au-dessus de moi. J'ouvre les yeux ne sachant plus quoi faire ou penser. Je me penche pour récupérer le coussin par terre avant d'y enfoncer mon visage pour m'enivrer de son odeur.

Je me réveille en sursaut. Mon téléphone rouge sonne, je n'ai pas envie de répondre, mais j'ai encore besoin d'argent. Lorsque je le prends, il affiche 7 h, c'est Georges. Je souffle et décroche :

— Lina bonsoir, que puis-je faire pour vous satisfaire Georges ?

Après avoir passé plus d'une heure au téléphone avec lui, je me rends compte que je n'ai plus sommeil. Je dois passer à la maison d'édition ce matin afin d'amener mes manuscrits et en reprendre d'autres pour leur correction.

Après une bonne douche, un petit-déj avalé sans faim, je me dirige vers ma voiture. Bien sûr après plusieurs essais, celle-ci refuse de démarrer. Je regarde ma montre et me rends compte que je suis déjà en retard. Je cours vers la station de bus la plus proche. J'ai plusieurs manuscrits à rendre et mon sac est super lourd. Il fallait que ça tombe aujourd'hui ! J'ai passé une soirée de merde avec Jonas, ensuite Georges qui est tombé du lit et maintenant ma voiture qui décide de ne pas démarrer et le comble du comble, c'est que ce bus est bondé, que je ne trouve pas de place assise et que mon sac pèse un âne mort...

J'arrive avec plus d'une demi-heure de retard à mon rendez-vous. Forcément, je m'en prends une malgré mes explications et promets d'être à l'heure au prochain rendez-vous avec mon éditeur. Pour faire passer la pilule, j'ai accepté de corriger deux manuscrits de plus que d'habitude. Je rumine en me disant que mon sac est encore plus lourd qu'à l'aller lorsque les portes de l'ascenseur s'ouvrent et que je tombe nez à nez avec une tornade rousse qui s'arrête net en me voyant.

— Oh, ma belle ! Comment vas-tu ? Un café, ça te branche ? Tu m'attends cinq minutes ?

Elle repart sans que j'aie eu le temps de décrocher un mot. Lily dans toute sa splendeur. Lorsqu'elle revient vers moi, elle a enfilé une veste kaki qui fait ressortir ses beaux yeux verts. Nous nous dirigeons vers la brasserie où j'ai rencontré Jim et Jonas. Nous commandons des cafés et allons nous asseoir à une table. Je pose mon sac par terre en soufflant, elle m'observe avec un petit sourire en coin.

— Quoi ?

— La nuit a été courte ma belle ? Lily me fait un clin d'œil.

— On peut dire ça oui…

J'ai l'impression qu'elle veut me parler, mais qu'elle n'ose pas, ce qui est plutôt étonnant venant de sa part.

— Allez, crache le morceau Lily.

Elle me regarde d'un air outré puis me sourit :

— Comment ça se passe avec Jonas ? Je sais que vous vous êtes rapprochés, alors…

Je lève la main vers elle :

— Alors tu oublies tout de suite ce à quoi tu penses, ma belle.

— Mais à l'hôpital…

— Je sais. Écoute, je ne sais pas ce que tu vas t'imaginer, tu connais Jonas mieux que moi… Mais…

— Mais quoi ? m'encourage-t-elle.

— Mais il restera toujours Jonas le connard pour moi !

Elle relève les yeux vers moi ne comprenant pas ma réaction.

— Mais pourtant… À l'hôpital…

— Oui… Et hier soir aussi…

— Attends ! Hier soir ? Mais je l'ai déposé chez lui, il devait se reposer…

— Hé bien disons qu'il s'est reposé chez moi quelque temps et qu'il est reparti comme un voleur lorsqu'il a eu ce qu'il était venu chercher.

Ma gorge se serre rien qu'en repensant que je me suis fait naïvement avoir.

— Louise, je ne pense pas que Jonas soit comme ça, il a besoin de toi, il t'apprécie beaucoup, tu sais…

— Non, non, non, la coupé-je, tu te trompes sur ses intentions. En fait, il voulait juste savoir comment était Jack dans la vraie vie, comment il se comportait, sans lui, sans vous, sans le groupe. Ah oui ! Et accessoirement, me baiser bien sûr ! Après tout, pourquoi ne pas joindre l'utile à l'agréable ?

Elle essaie de parler, mais je l'en empêche, j'ai besoin de vider mon sac, tant pis si ça tombe sur elle.

— Et tu sais le pire dans tout ça ? C'est que j'ai laissé faire ! Je me suis fait avoir par ses belles paroles et ses yeux doux ! Mais une fois qu'il m'a baisée pour m'attendrir, j'imagine, il n'a eu qu'à me demander ce qu'il voulait à propos de Jack. Et bien entendu, j'ai répondu à ses attentes ! Je lui ai même confié ce que j'avais de plus précieux, les photos et vidéos que j'avais d'eux ! Et tu sais ce qu'il a fait ? Il les a regardées, les a copiées et il s'est barré comme le connard qu'il est ! Alors oui ! Jonas a eu besoin de moi, mais juste pour en savoir plus sur son frère !

Je suis essoufflée, énervée, lorsque je regarde Lily, elle a les yeux grands ouverts, mais elle ne me regarde pas, elle fixe un point derrière moi. Je sais que quelques personnes se sont retournées, car j'ai parlé trop fort, mais je m'en fous.

— Quoi ? lui demandé-je.

Elle n'a pas le temps de répondre que j'entends une voix rauque derrière moi :

— Alors c'est ce que tu penses ?

Je me retourne et croise des yeux gris orage qui me foudroient sur place. Il s'avance devant nous et baisse la tête vers moi.

— Réponds Louise !

— Jonas… lui dit Lily en regardant autour d'elle.

Je me lève pour essayer d'être à sa hauteur :

— Bien sûr que c'est ce que je pense ! Et c'est ce que tu es non ? Un connard égoïste qui va jusqu'à baiser une nana pour avoir ce qu'il veut non ?

Il m'attrape par le bras et me fixe. J'ai l'impression qu'il va me bouffer.

— Je… Putain… Mais….

— Quoi ? Tu as perdu ta langue ?

— Mais putain ! Tu ne comprends rien !

Je me rapproche de lui alors qu'il se baisse vers moi en me fixant dans les yeux, il tient toujours mon bras dans sa main. J'essaie de me dégager, mais il resserre encore plus sa prise.

— Lâche-moi Jonas…

Je tire sur mon bras, mais il ne me lâche pas.

— Non.

— Tu me fais mal.

Il me lâche tout de suite. Il souffle en prenant son nez entre ses doigts…

— Louise… Laisse-moi t'expl…

— Va te faire foutre Jonas !

Je sors de la brasserie en me dirigeant vers l'arrêt de bus le plus proche lorsque j'entends mon nom. Je me retourne et vois Jonas qui m'appelle en accélérant le pas. Je dépasse l'arrêt de bus, je vais rentrer à pied finalement. Je continue un peu et me retourne pour constater qu'il ne me suit plus. Je souffle et me rends compte que j'ai oublié mon sac avec les manuscrits dedans. J'envoie un message à Lily en lui demandant si je peux passer les chercher chez elle, mais elle me répond qu'elle va me les apporter.

Je suis soulagée en entrant dans mon immeuble. Je monte les marches et me retrouve face à deux yeux gris qui me scrutent. Je m'arrête face à lui, il est debout, les bras croisés sur son torse. Je n'hésite pas longtemps avant de lui rentrer dedans :

— Qu'est-ce que tu veux ?

— M'expliquer.

— Tu n'as rien à expliquer, tu as eu ce que tu voulais, tu peux dégager maintenant.

J'ouvre la porte de mon appartement et la referme sur Jonas qui entre à son tour.

— Sors de chez moi Jonas.

Il croise les bras sur son torse en s'appuyant sur la porte :

— Non.

— Mais tu ne comprends rien ?

— C'est toi qui n'as rien compris Louise.

Il se rapproche dangereusement de moi. Je reste stoïque face à lui, je suis vraiment remontée, je le hais en ce moment, je ne veux plus le voir, plus l'entendre, plus le sentir.

Il approche sa main de ma joue, mais je la retire.

— Qu'est-ce que je n'ai pas compris dis-moi ?

— Je ne me suis pas rapproché de toi que pour Jack, Louise... Je... Tu...

— Qu'est-ce qu'il y a ? Tu ne trouves pas d'excuse valable à ton comportement de merde ?

— Mais laisse-moi parler !

Je croise les bras sur ma poitrine et le fixe en attendant qu'il trouve son excuse merdique à son comportement envers moi. Je l'entends jurer :

— Et puis merde !

D'un pas, il est face à moi, mets sa main sur ma nuque, son autre sur ma taille et ses lèvres se pressent contre les miennes. Je suis d'abord étonnée, puis j'apprécie ses lèvres chaudes, lorsqu'il me demande l'accès avec sa langue, j'ai un sursaut de réalisme. Ce mec m'a eu plusieurs fois déjà et il est hors de question que je le laisse s'en tirer comme ça encore une fois. Je pose mes mains sur son torse et le pousse aussi fort que je peux. Il recule très peu.

— Putain ! Mais qu'est-ce qu'il ne va pas chez toi ?

— Va-t'en Jonas…

— Louise…

— Dégage ! Je ne veux plus te voir, t'entendre, te sentir, te toucher…

— Quoi ?

— Je ne veux plus entendre parler de toi ! Tu as eu ce que tu voulais non ? Alors, trouve une autre nana à baiser !

— …

— Ça ne doit pas être si difficile pour toi non ?

Je me dirige vers la porte que j'ouvre en grand en lui faisant signe de sortir. Il s'avance lentement, et avant de sortir ses yeux croisent les miens et il me dit doucement :

— Tu ne comprends vraiment rien…

Je referme la porte sur lui et m'assois à même le sol pour hurler.

À suivre...

Remerciements

Tout d'abord un grand merci à ma grande sœur Soph, sans qui cette histoire serait toujours inachevée et cachée au fin fond de mon ordinateur. Et oui, c'est grâce à elle, à sa motivation, à son aptitude à croire en moi qui font que l'histoire de Louise et Jonas a pu aboutir et arriver entre vos mains.

Coco, tu as su surmonter ton aversion pour la lecture sur écran pour moi, *milesker anitz*.

Mam, tu m'as fait découvrir le plaisir des mots et de la lecture, merci.

Merci aussi aux lecteurs de Wattpad, à ceux qui me suivent depuis le début et qui me suivent encore et toujours. Merci pour tous vos commentaires… à ceux qui m'ont motivée, à ceux qui m'ont corrigée, à ceux qui m'ont fait sourire, à ceux qui m'ont émue, à ceux qui m'ont fortement énervée…

Ensuite je tiens à remercier ma maison d'Édition So Romance d'avoir cru en moi et en mon histoire très très longue…

Et surtout, je tiens à remercier des personnes qui m'ont fait avancer sans le savoir… quelques mots suffisent parfois pour faire toute la différence.

Sans vous, je n'aurais jamais osé franchir le pas de l'édition.

Merci à tous !

Vous avez aimé votre lecture ?
Découvrez les autres romans des éditions So Romance
disponibles en format papier et numérique.

The Beast
Le baiser d'une rose enflammée

Les habitants de Chicago vivent dans l'angoisse permanente dès que la nuit tombe sur la ville. Une sombre terreur règne en maître dans les ruelles... Mythe ou réalité ? Olympe en est sûre : la Bête existe et est la cause de ces disparitions. Elle redoute plus que tout de croiser sa route. Sa rencontre avec Eyden et Jason, deux hommes séduisants et totalement opposés, sera la cause de nombreux troubles et changera sa vie à jamais.

Les mots qu'on ne s'est pas dits

Zoé est une jeune femme ambitieuse pleine de projets. La vie lui sourit : elle est acceptée à l'université de Chicago, même si cela lui brise le cœur : elle sera loin de sa famille d'adoption, de ses amis et de Tom... Tom, l'homme avec qui elle a grandi, son meilleur ami qui la connait mieux que personne... Tom, pour qui elle ressent plus que de l'amitié, mais à qui elle n'ose pas avouer totalement ses sentiments. Mais la vie de Zoé est brutalement bouleversée lorsqu'elle apprend que ses jours sont désormais comptés. Aura-t-elle le temps de tout expliquer à Tom ?

You... and me
Tome 1 : Un été explosif

Les passions de Zoé se comptent sur les doigts d'une main : la danse, la musique, son chat et ses soirées Netflix sur son canapé. Pas question de se faire draguer tous les soirs par des mecs qui ne pensent qu'à la mettre dans leur lit !

Pour surmonter son échec amoureux, Adrian décide de ne plus s'attacher aux femmes qu'il rencontre en soirée. Des aventures déjantées sans lendemain, il ne veut plus que ça !

Leur rencontre provoquera des étincelles... Mais leur attirance est indéniable. Réussiront-ils à s'apprivoiser l'un l'autre ?

Sous ses doigts
Tome 1 : Le secret de Claire

Claire, artiste et illustratrice, rentre chez son père à Saint-Ferréol pour le premier anniversaire de la mort de sa mère. Sa sœur, Cécile, profite de l'occasion pour leur présenter son nouveau fiancé, Tom, qui n'est autre que le premier amour de Claire… Passé le choc de leurs retrouvailles, l'attirance qu'ils éprouvaient l'un pour l'autre autrefois refait surface avec violence. Malgré la passion qui les consume, toute relation amoureuse leur est interdite… Claire parviendra-t-elle le temps d'un week-end à ignorer ses sentiments ? Mais comment oublier son premier amour ?

Pour en savoir plus

www.soromance.com

© Éditions So Romance, 2020 pour la présente édition

Éditions So Romance
159 avenue de la Couronne
1050, Bruxelles
www.soromance.com

D/2020/14.771/36
ISBN : 9782390451662

Maquette de couverture : Philippe Dieu
Photo : © Von Lieres / Adobe Stock